メイデーア転生物語6

片想いから始まる物語

友麻 碧

富士見Ｌ文庫

イラスト　雨壱絵穹

Contents

Characters

マキア・オディリール

〈紅の魔女〉を前世にもつオディリール家の魔術師。繰り上がりで救世主の守護者になる。

トール・ビグレイツ

王宮騎士団魔法騎士にして、救世主の守護者になる。〈黒の魔王〉の魔法を習得する。

使い魔

ドンタナテス（ドン助）

ポポロアクタス（ポポ太郎）

三大魔術師（五百年前）

マキリエ・ルシア

〈紅の魔女〉。赤子に名前を授ける生業をもつ。

トルク・トワイライト

〈黒の魔王〉。魔物たちとともに暮らす。

ユノーシス・バロメット

〈白の賢者〉。数多の精霊と契約を交わしている。

〈救世主〉と〈守護者〉／ルスキア王国

アイリ
異世界からやってきた〈救世主〉の少女。

ルネ・ルスキア魔法学校

レピス・トワイライト
マキアのルームメイト。フレジール皇国からの留学生。

ネロ・パッヘルベル
マキアのクラスメイト。魔法学校に首席で入学した天才。

フレイ・レヴィ
ネロのルームメイト。一歳年上の留年生。

ユーリ・ユリシス・レ・ルスキア
ルネ・ルスキア魔法学校・精霊魔法学担当教師。ルスキア王国の第三王子。

ヴァベル教国

エスカ
マキアを監視するヴァベル教の司教。

ペルセリス
世界樹の意思を汲み取り、予言を授ける〈緑の巫女〉。

フレジール皇国

シャトマ・ミレイヤ・フレジール
フレジール皇国の女王。聖女と名高い古の魔術師〈藤姫〉を名乗る。

カノン・パッヘルベル
〝死神〟と呼ばれるフレジール皇国の将軍。マキアの前世を殺した男と瓜二つ。

Map & Realms

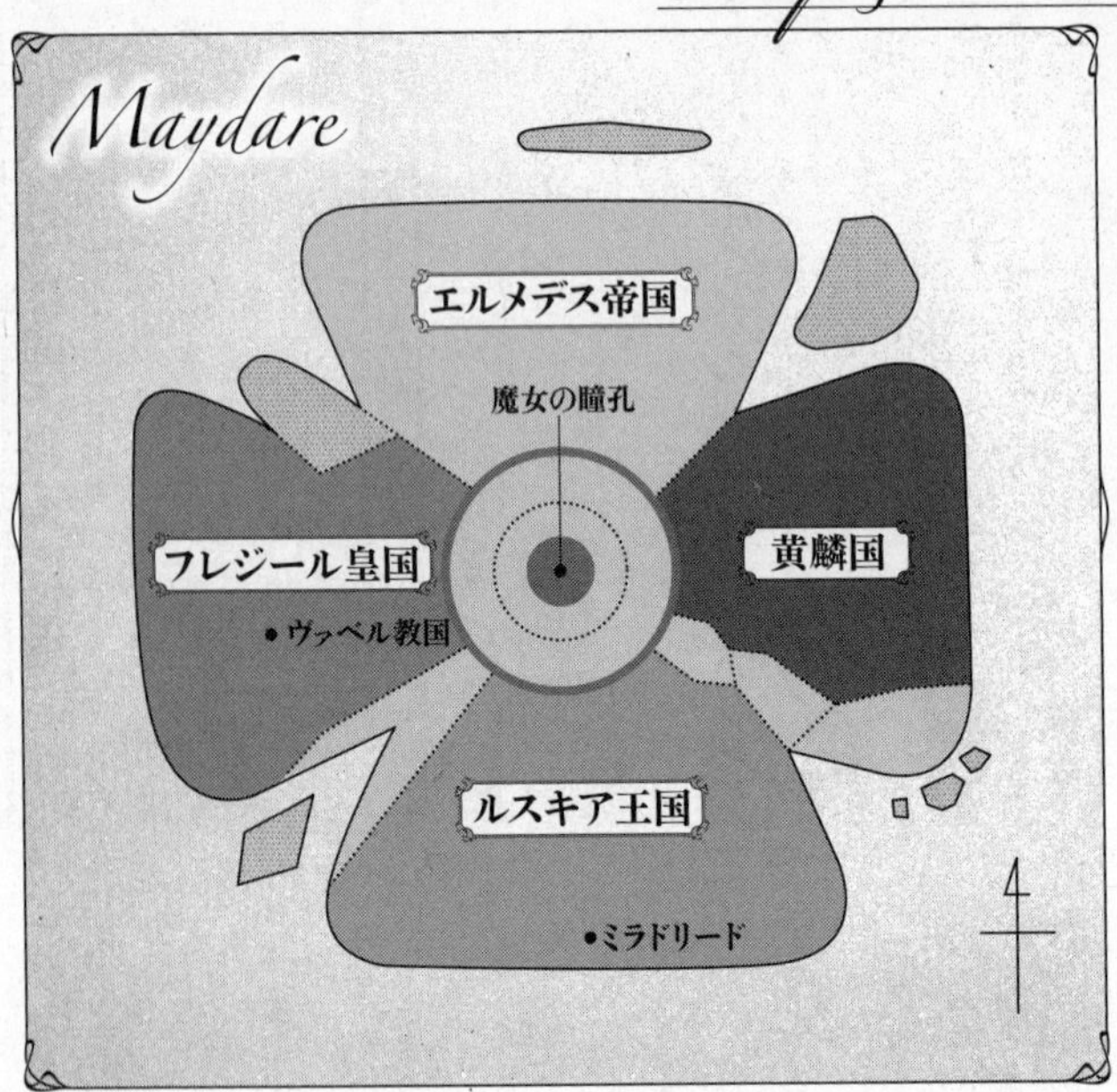

ルスキア王国
古い時代の魔力に満ちた南の大国。マキアの故郷デリアフィールドがある。

フレジール皇国
先端魔法が盛んな西の大国。ルスキア王国とは同盟関係にある。

エルメデス帝国
独裁的な北の大国。メイデーアの征服を目論んでいる。

黄麟国
謎めいた東の大国。独特な東洋文化を持っている。

ヴァベル教国
フレジール皇国の内部にある、ヴァベル教の総本山。

ミラドリード
ルスキア王国の王都。ルネ・ルスキア魔法学校がある。

魔女の瞳孔
世界の中心にある大穴。

Keywords

メイデーア

世界の総称。偉大な魔術師たちにより歴史が紡がれてきた。

魔法大戦

五百年前〈紅の魔女〉〈黒の魔王〉〈白の賢者〉の三人の魔術師によって引き起こされた戦争。中でも勇者を殺した〈紅の魔女〉は〝この世界で一番悪い魔女〟として忌み嫌われている。

トネリコの勇者

四人の仲間とともに三人の魔術師を打倒し、魔法大戦を終結させた歴史上の存在。その物語はおとぎ話や童話の絵本となって広く親しまれている。別称〈トネリコの救世主〉。

救世主伝説

ルスキア王国に伝わる伝説。メイデーアに危機が訪れた時、流星群を福音として異世界から〝救世主〟が現れ、世界を救うという。トネリコの勇者もその一例とされる。

ヴァベル教

メイデーアで最も古く、最もメジャーな宗教。世界樹ヴァビロフォスを信仰する。

ルネ・ルスキア魔法学校

古の魔術師〈白の賢者〉によって創設されたとされる教育機関。多くの精霊に守られている。

精霊・使い魔

世界の魔力の具現体。動物や植物、自然に宿り、神秘を体現するものたち。精霊そのものを召喚し契約することで、使い魔として使役することもできる。

魔物

主にメイデーアの北部に生息する魔法生物の通称。人類に害をなす敵とされ、かつては〈黒の魔王〉が従えていた。

トワイライトの一族

〈黒の魔王〉の末裔とされ、その秘術を継承する幻の一族。独自の自治を貫いていたが、その力を欲した帝国に隷属している。

創造神と〈大魔術師(ロード)〉クラス

創世神話に描かれる、メイデーアを作った十柱の神々。その魂は、歴史の針を進めるために転生を繰り返す。転生し、神々の魂と別格の魔力を持つ者を〈大魔術師〉クラスと称する。

回収者

神々の転生者を管理する役割を担う者。大魔術師殺し。

メーデー　メーデー　メーデー
メーデー　メーデー　メーデー
それは誰の叫びの声だったのか？
それは誰を救う物語だったのか？
誰が、誰のために始めた物語だったのか。
誰の、片想い（かたおも）いから始まる物語だったのか。

第一話　ヴァベル教国

帰還せよ──

「……はっ」


私、マキア・オディリールは、浅い眠りから目覚めた。

まだ夢見心地だが、私は今、真っ白の知らない天井を見つめている。

ここはどこだっけ。

私はどうして眠っていたんだっけ……

「目が覚めましたか、お嬢」

私の顔を覗き込んだのは騎士、トール・ビグレイツだった。

彼は騎士団の制服ではなく、ルスキア王国使節団の臙脂色の衣服に身を包んでいる。

そして私の手を握りしめ、その漆黒の髪が頬に触れそうなほど、近いところで私を見つめている。

「……トール」

間近にあるトールの美しい双眸(そうぼう)は、魔術師にとって最も尊い瞳の色とされているスミレ色だ。しかし彼の目は、片方が義眼である。

トールは、先日起こったルネ・ルスキア魔法学校での戦いで、大きな魔法を使用した代償として片目を失うことになったのだ。

近いところで見たせいか、その僅かな色の違いを感じてしまい、私はハッと夢見心地から現実に意識が引き戻された。そして少しだけ動揺してしまった。

「……えっと。わ、私、私……」

顔が近いのもあって、どぎまぎして目を泳がせていると、トールは私の手を握ったまま、キリッとした格好いい顔をして言う。

「あなたはルスキア王国デリアフィールド男爵令嬢、マキア・オディリール様です」

「いや、名前を忘れたとかじゃないから」

私は即座につっこんでしまった……

確かに、最近は色々あって、自分の存在というものが曖昧にはなりがちだ。

というのも、実は私には〝二つの前世〟がある。

一つ前は、地球で生きた普通の高校生としての前世。

二つ前は、このメイデーアで生きた伝説の【紅(くれない)の魔女】としての前世。

一つ前の前世は随分前に思い出したのだけど、二つ前の前世はあまりに遠すぎて、その記憶を今もまだ思い出していない。

だけど、この世界で一番悪い魔女として有名な〈紅の魔女〉が、私の前世であることは確定している。私が彼女の第一呪文と魔法を扱えるのが、その証なんだとか。

トールもまた、私と同じような二つの前世を経由している人間だ。

彼は、普通の高校生だった地球時代の前世を全く覚えておらず、〈黒の魔王〉だった二つ前の前世も、ほとんど思い出せていないと言う。

自分はいったい何者なのか。

私たちは、そんな疑問を常に抱いた状態なのだ。

トールは前世に興味も執着もないようだから、あえて今を生きる私の名前を告げたのだろうと思う。

「ねえ、トール。私いつから寝てた？　確か、フレジール皇国に向かう魔導船の上にいたと思うのだけど、ある瞬間から記憶がないのよ」

ベッドの上で起き上がって、キョロキョロと周囲を見渡す。

ここはどう見ても知らない部屋だ。ルスキア王国からフジレール皇国に向かっていた船の部屋ともまるで違う。

意味不明という顔をしている私に、トールは説明した。

「覚えていないのも無理はありません。お嬢の寝ている間に下船したのです。そして今は飛行艇に乗って、空の上にいます」

「へ？　空の上？　というかなぜ私は寝てしまったの？」

「お嬢。アレを見た途端、気絶してしまったんですよ」

「アレ？」

「見たら、再び気絶するかもしれませんが……」

トールは少し慎重な素ぶりで、ベッドの後ろの窓のカーテンを開ける。

私もまた、振り返る。

「わあ……」

窓の向こうの青々と広がる空を覆うように、それは存在していた。


——世界樹ヴァビロフォス。


このメイデーアという世界の始まりから存在していたと言われる、母なる大樹だ。

ヴァベル教の信仰するその樹は、巨大な幹から無数の枝葉を広く伸ばしている。

それはまるで、大地を覆う、青々とした傘のようだ。

「船上からもアレが、世界樹〝ヴァビロフォス〟が見えたのです。お嬢はアレを見た瞬間、卒倒してしまいました」

「そうだわ。思い出した」

確か、甲板の上でみんながザワザワしていた。

アイリが興奮した様子で私を呼ぶので、何だろうと思っていたら、アレが見えたのだ。

空を突っ切るほどの巨大樹――

なぜか私は、アレを知っている気がした。

いつか、どこかで、見たことがある、と。

デジャヴというやつだろうか。猛烈な郷愁の念に襲われ、更には頭痛と耳鳴りに苛まれ、私は意識が遠のいてしまったのだった。

「ど、どうして倒れちゃったのかしら……全然わからない。あ、ごめんなさい！　突然倒れるなんて意味不明すぎて、みんなを心配させちゃったんじゃない⁉」

ベッドの上で頭を抱え、混乱しながら謝ると、トールは思いのほか冷静に「それはもちろん」と言った。

「アイリ様なんて心配のあまり泣いてしまわれて。ですが港で待ち構えていたエスカ司教猊下が、倒れたお嬢を見て『よくあることだ』とおっしゃっていたので、そこで皆が安心したというか。とりあえずそっと寝かしておこうということになりました」

「……あ、そう」

　私はトールの話を聞きながら、脳内で状況を整理する。

　私たちルスキア王国の使節団は、魔導船でルスキア王国からフレジール皇国に向かっていた。しかし港に着くやいなや、私とトールだけは先にヴァベル教国に向かうよう指示されたらしいのだった。

　そのまま港町で待ち構えていたエスカ司教に拉致されて、飛行艇に乗せられて……今に至る、と。

「なるほど。状況は理解したわ。ということは私とトールだけ、他のみんなとは別行動で先にヴァベル教国に行くことになったのね」

「そういうことです」

「そっか。有名なフレジール皇宮の魔法水晶宮、見てみたかったんだけどなあ〜」

　フレジール皇宮は少し前に建て直したばかりで、豊富な魔法水晶と先端魔法を駆使した、この世界で最も美しい城である、というような話を聞いていた。

　それを見るのが楽しみだったのだけど……そういうことならまあ、仕方がないか。

　観光しに来たわけではなく、私たちは役目を果たすためにここへやって来たのだから。

　私とトールだけが、先にヴァベル教国に送られた意味も、何かしらあるのだろう。

　私は状況を理解できてスッキリしていたのだが、トールはまだ、心配顔のまま私の様子をうかがっているのだった。

「何か飲みますか？」

「うん」

「塩リンゴジュースでいいですか？」

「うん、うん」

私が子どもみたいに頷くと、慣れた様子で魔法を使って塩リンゴの皮を剝き、その果汁を絞って私の飲み物を用意する、甲斐甲斐しいトール。

故郷のデリアフィールドの名産物、塩リンゴをたくさん持ってきたのだけれど、トールはちゃんとこの飛行艇に持ち込んでくれたようだ。

それにしても、私のために何かしようとするトールを見ていると、デリアフィールドにいた頃の、騎士と令嬢の関係を思い出す。

里帰りしていたデリアフィールドでも、移動中の船内でもそうだったのだが、トールはまるで空白の時間を埋めるように、私の世話をしたがるのだった。

なので私も、トールにはここ最近甘えがちだ。

トールが守護者になって離れ離れになってからは、トールに会うために王都の魔法学校へ行き、そこでトップの成績を取ろうと一心不乱に頑張っていた。

その日々が、もうすでに懐かしい。

「お嬢。どうぞ」

「ありがとうトール」

トール特製の塩リンゴジュースを飲みながら、私は寝ている間に見た夢のことを、ふと思い出した。

「あのね、トール。私……寝ている時に変な夢を見た気がするの」

「変な夢、ですか？」

「夢だから、断片的にしか覚えていないのだけれど……」

私はジュースのグラスを口元から下ろし、ぼんやりとしながら、ポツリとこぼす。


「大きな樹の下で、子どもが十人、泣きながら叫んでいたわ」


そのヴィジョンだけは、はっきりと覚えている。

いったい何を叫んでいたのか。何が悲しくて泣いていたのか。

大事なところは何一つ、覚えていない。

「大きな樹というと、世界樹のことでしょうか」

「きっとそうでしょうね。私、あの世界樹を見ただけで、その魔力に当てられてしまったのかも……」

十人の子ども……

夢の中で、行き場のない子どもたちを迎え入れた大樹は、まるで偉大な母のようだった。

微睡(まどろ)みの中で浴びた、木漏れ日の暖かさだけは、しっかりと思い出せる。

「きっとそれは、我々の前世に纏(まつ)わる夢なのでしょうね、お嬢」

「前世に……?」

「我々が今向かっているのは、ヴァベル教国です。それこそ世界樹ヴァビロフォスを祀(まつ)る総本山なのですから」

「…………」

「世界樹が、何かをお嬢に伝えたいのかもしれません」

確かに私は、夢に見た巨大な樹の根元に、今ちょうど向かっているところだ。

予感がする。

あの樹の下に、何か、知らなければならない真実が眠っている気がする。

フレジール皇国内陸の、広大な森林地帯の中央に、この世界の象徴と言える世界樹ヴァビロフォスがある。

その巨大な樹は、メイデーアの創世神話の時代から存在し、世界最大の宗教・ヴァベル教の信仰対象でもあるのだった。

この世界樹の真下に存在するのは、ヴァベル教の総本山・ヴァベル教国。

ヴァベル教国はとても小さいが、フレジール皇国内にありながら、一つの独立国家でもある。

私たちを乗せた飛行艇は、そのヴァベル教国の外側にある飛行場に着陸した。

まだ着慣れない、ルスキア王国のエンブレムが刻まれた臙脂色の服を翻し、トールに手を引かれながら飛行艇より降りる。

「……うーん。地上はやっぱりいいわね」

私はいよいよ、間近でその大樹を見上げることとなった。

世界樹ヴァビロフォス。本当に、巨大な緑色の傘のよう……

と、その時だった。

「よおマキア。ちゃんと目覚めたようだな」

後ろからガシッと、私の肩にいかつい腕を載せて寄りかかってきたのは、覚えのあるオラオラ口調と、ガラついた低い声の男。

清廉な司教冠を被り、司教服を纏い、その手には格式高い司教杖を持っていながら、灰色の髪と目つきの悪さと、ギザギザした歯が特徴的すぎる、悪人面の司教様だ。

「エ、エスカ司教……ご無沙汰しております。相変わらず無駄に元気そうですね」

私は司教様の重さで体を斜めに傾けながら、一応の挨拶をした。

「たりめーだろ。俺様の元気が世界を救う。つーかオメー、大樹を見た途端ぶっ倒れたらしいな。くっは！　流石に雑魚すぎだろ～」

「……い、言い返す言葉もございません」

「もっと鍛えろ！　精神と肉体を！」

どこまでも脳筋司教。

私にとってエスカ司教とは、実戦での魔法の使い方を教えてくれ、心身を鍛えてくれた師匠のような人物でもある。

しかし司教らしからぬオラついた態度で、何かと私にダル絡みするので、隣にいたトールがわかりやすくイライラしているのだった。

「エスカ司教猊下。お嬢の細い肩を腕置きにしないでください。あんたの筋肉でお嬢が傾いていらっしゃいます」

トールは、エスカ司教をあんた呼ばわり。

「あ？　こいつをそんなか弱い魔女に育てた覚えはないが？　どんな過酷な戦場でも生き残れる戦士にしてやったはずだが？　なあマキア」

「えーっと」

「お嬢は男爵令嬢ですよ！　あんたのせいでお嬢が最近、脳筋気味です。毎日思い出したように筋トレし始めるんですから。魔法の腕を磨くのならまだしも！」

「何だ、おめえ。どうせ、こいつに逞しくなられたら自分の存在意義が無くなる、とか思ってんだろ。騎士のくせに女々しいやつだな。いや騎士だからか？」

「お嬢に、あんたのようになってもらったら困ると言ってるんです。あくまでオディリール家のご令嬢ですから」

私を挟んで、大の男がバチバチ睨み合っている。

元オディリール家の騎士であるトールの言い分も分かるといえば分かる。

一方で、エスカ司教にビシバシ鍛えられたおかげで、先の魔法学校での事件で心身ともに苦しい中、頑張れたというのもある。

「あ、えっと。……あああ〜っ！」

私は二人の睨み合いに割って入りながら、わざとらしく世界樹を指差した。

「ほら、今、あの木から大きな白い鳥が飛んでいった！」

実際に、ここから見えるくらい大きな鳥が、大樹の高いところにある枝の上から飛び立ったのを見た。

「ああ。あれは精霊ベルバードだ。世界樹に住む、白銀の鳥の精霊だな」

「精霊なんですか？」

「あの樹には、それこそ何百もの精霊が住んでいる。この世界の古の精霊たちで、俺のような司教の手持ちの精霊になったり、ならなかったり……」

そういえば以前、エスカ司教はザッと百体ほど、聖地育ちの精霊と契約していると言っていたっけ。世界樹に住み着いた精霊のことだったのか。

「どうだ！　でけーだろ！　世界樹は！」

エスカ司教は改めて、自慢げに大樹を拝んだ。

「ヴァベル教国は、あの大樹を守るための宗教国家と言ってもいい。メイデーア全土に、あの大樹の根は伸びている。ゆえに、ヴァビロフォスの意思は、メイデーアという世界の意思なのだ」

私はというと、控えめに手を挙げる。

「あのう。割と前々から不思議だったのですが、ヴァベル教国は独立国家ということですから、王様がいるのですか？」

「国王に当たるのはデルグスタ大司教とかいうクソジジイだ。しかしヴァベル教国には大司教すら遜る、どえらい存在が他にいる。誰だかわかるか？」

エスカ司教の問いかけには、トールが粛々と答えた。

「……緑の巫女、でしょうか？」

「ご名答。しかし様をつけろ様を。緑の巫女様とは、世界樹の意思を汲み取り、この世に発信する代弁者だ。それすなわち、偉大なる〝予言の力〟である」

「…………」

私とトールは横目に見合う。

「あのう。だったらエスカ司教って、ヴァベル教国でどのくらい偉いんですか？」

「あ？　俺？　俺はまあ……序列七位ってところか」

指折り数えて、あっけらかんと答えるエスカ司教。

「何だその、うわビミョ〜、みたいな顔は」

「……いや、別に」

だっていつも凄く偉そうだから、ヴァベル教国でもかなり偉い人なのかなと思って。

上から七番目でも十分偉いとは思うけど……

「はっ、いいんだよ。こんなのは表向きの序列だ。あんまり立場が高いと、国を自由に出られねーし、迂闊に銃をぶっ放したり手榴弾を投げつけたり、うっかり相手を脅したりできねーだろうが」

「……迂闊？　うっかり??」

「トップは〈聖灰の大司教〉の時代に経験した。トップどころか俺が創ったんだからな、このヴァベル教国は。だがしかし、今世は自由に意のままに生きると決めたのだ」

「それは、司教様が言っていい台詞なんですかね？」

相変わらず、何でもありの司教様でツッコミが追いつかない……

さて。ヴァベル教国について、色々とわかってきた。

ヴァベル教国を治めるのは、国王ではなくデルグスタ大司教。

しかし最も尊い存在とされているのは〈緑の巫女〉様である。

異世界より召喚された救世主は、四人の守護者を集めると、必ずこの聖地にやってきて〈緑の巫女〉の予言を賜る習わしだという。

歴史に名を残す大魔術師クラスと同じように〈色の二つ名（ロード）〉を冠しているが、確かこの役目は世襲制で、緑の巫女の血と力を受け継ぐ女性が代々この役目を担っているのだと聞いたことがある。

ということは、私たちのように、十人いる転生者のうちの一人……という訳ではないのだろうか……？


飛行場からヴァベル教国の入り口まで、運河の流れに乗って魔導式の船で移動した。その船が教国の門に近づくにつれ、私は教国を包み込むドーム型の緑色の幕のようなものに気がつく。

「わあ！　もしかして、あれって教国の魔法壁ですか⁉」

「お嬢、船の上から身を乗り出しては危険です。泳げないくせに！」

「え、わ、わわ！」

少し興奮気味に船から身を乗り出したので、すかさずトールが腕を伸ばし、私を支えようとした。私は自分がカナヅチであることを思い出し、思わずトールの腕をがっちり摑む。

エスカ司教はそんな私にお構い無しで、目の前に展開されている魔法壁を、悠々と見渡していた。

「覚えておけ。あれがヴァベル教国の名物でもある大結界〝緑の幕〟だ」

「緑の……幕……」

ルネ・ルスキア魔法学校の副教科〝国際魔法学〟の授業でも習ったことがある。

ヴァベル教国は、その敷地を〝緑の幕〟と呼ばれる超強力な大結界、要するに広範囲に渡る大規模な魔法壁に囲まれていて、教国の許可なしでは何人たりとも進入することができないという。また、その強固な大結界は、どのような破壊魔法、および破壊兵器の攻撃であっても、絶対に通すことはないのだとか。

聖地は世界樹の恩恵により膨大な魔力を抱え込んでいるとは聞くけれど、一日にどれほどの魔力を消費するのだろうか……いやはや、恐れ入る。

「よくぞおいでくださいました、異国の客人方」

船から降り、ヴァベル教国の門の前で、数人の司教に迎えられた。

いわゆるイメージ通りの司教様という感じの、清廉で厳格そうな男性たちだ。エスカ司教と違って。エスカ司教と違って。

当のエスカ司教は、自分よりはるか年上の司教たちに向かって、偉そうに踏ん反り返っている。

「救世主、および守護者、およびルスキア王国の使節団は、フレジール皇宮で国際会議に参加してから来る。だが大魔術師クラスのこの二人だけは、俺の権限により先にこちらへ連れてきた。その方がいいと巫女様の予言にあり、急遽予定を変更した形だ」

「ええ。話はすでに聞いております。門を開けますのでしばしお待ちください」

そう言って、司教たちは私たちの入国の手続きをして、門を開ける準備をする。

この作業が何かと時間がかかる、とエスカ司教がイライラしながら言っていたが、確かに結構時間がかかった。

「あのう。私たちって、もうあんまり守護者の肩書きは関係ない感じですか？」

私はエスカ司教に、地味に気になっていたことをコソッと尋ねてみた。

このぶっちゃけた発言に、エスカ司教はあまり見ないような、渋い顔をした。

「……つーか、本来、大魔術師クラスは救世主の守護者には絶対に選ばれないはずなんだがな。要は〝世界の法則〟的に、選別から除外されるはずなんだ」

「え？」

「だってそうだろう。救世主とその守護者は、大魔術師を倒す者たちだぞ」

私もトールも驚いたが、言われてみるとその通りだ。

「お前たち二人の転生が、異世界を経由しているというのがミソなんだろう。そういう、〝世界の法則〟から一旦外れる裏技みたいなもんがあるんだろうな。……とはいえ、俺もこの辺はよくわからん。詳しいことはそれ専門のカノンに聞くことだな。あいつも明後日には、ここに来るはずだ」

「いやそんな、気楽に話を聞ける人じゃないんですけど……」

悶々と、そのカノン将軍のことを思い出す。

金髪で柘榴色の瞳を持った、私にとって〝死神〟のような男のことを。

あの人のことを思い出すだけで、怖くてブルブルッと身震いしてしまう。

「何を怖がってやがる。前世の一つ二つ、殺されたくらいで」

「い、いや〜……それだけのことがあれば、普通に怖いと思うんですけど」

私はエスカ司教みたいにぶっ壊れてないですし、と。

しかしエスカ司教は、そこのところだけは、真面目な顔をして言うのだった。

「怖くなんかねえよ。むしろカノンは、優しすぎるせいであいなっている」

「え……」

エスカ司教は、そこまで言ってなぜか「チッ」と舌打ちをした。

「どのみち世界樹に触れれば前世を思い出す。世界樹が記憶を返してくれるだろうよ」

「記憶を……返してくれる？」

トールが神妙な面持ちで聞き返す。

「そうだ。お前たちは必ず帰還する。嫌でも真実と向き合わないといけなくなる。今のうちから覚悟しておくことだな」

「…………」

巨大な門が開かれた。私とトールはいよいよヴァベル教国に入国する。

入った途端に、ピンと張りつめた神聖な空気を感じて、背筋が伸びた。

聖地の澄んだ、清らかな空気は、どこか、懐かしい匂いがした気がした。

第二話　緑の巫女

森林の中の、整備された道を歩いていく。

ルネ・ルスキア魔法学校の林道と全然違う景色に見えるのは、この辺の木々は通常より巨大で、それがどこまでも立ち並んでいるからか。とはいえもちろん、世界樹にははるか及ばないけれど。

この辺は世界樹のお膝元ということもあり、最も大地の魔力が豊富で、植物が通常より大きく育つ、とエスカ司教が得意げに説明していた。

トールはというと、歩きながらすれ違う人々を観察している。

「教国には、フレジールの軍人もいるんですね」

確かにトールの言う通り、見たことのあるフレジールの軍服を着た人たちを、ちらほら見かける。

「ヴァベル教国は法律上、軍を持てないからな。建国以来、ヴァベル教国を守るのはフレジール皇国が派遣する憲兵だ。その代わりフレジールは教国の後ろ盾を得て、世界のリーダーシップを取ることが出来るって訳よ。そうやって、両国は持ちつ持たれつの協力関係を維持しているのだ」

「へえ〜」

実はフレジール皇国とヴァベル教国の関係性って、地味に気になっていた。

親密なのか、同盟国と同じようなものなのか、上下関係があったりするのか……

だけどエスカ司教の話を聞く限り、お互い持ちつ持たれつ、必要なものを与え合うような、良い関係であるようだ。

どの国も、そんな風に仲良しならいいのにな……と途方のないことを考えてしまう。

「まあ軍を持たないってだけで、司教はそれなりに戦う術を身につけているんだがな。いざという時のために！」

「知ってます」

「知ってます」

だって、歴戦の軍人みたいじゃん、この人……

というツッコミだけは、胸の内に仕舞い込んだ。私もトールも。

「うわあ……」

中心部には、巨大な大樹の幹を囲むようにして、ドーナツ形の大聖堂があった。

有名な、パラ・メイア大聖堂だ。

ヴァベル宮殿、ヴァベル博物館、世界樹研究所などが隣接してあり、この辺に来ると司教や、修道女、入国を許可された観光中の信者たちが多く行き来している。

なんか普通に、参道には土産屋とか、食堂とか、花屋とかもある……

荘厳な雰囲気だが、落ち着いた賑わいもあり、人々の営みも感じることができるのだった。

エスカ司教について、私たちは大聖堂の中に入っていく。

流石に大聖堂の中はしんと静まり返っていて、その静寂が肌を刺すように張り詰めていた。聖地の厳かさをひしひしと感じる。

私たちはここで何をすればいいのだろう、と思っていると……

「まずはお前たちを〈緑の巫女〉様に会わせたいと思っている」

エスカ司教のその発言に、私もトールも「えっ」と驚いた。

「救世主であるアイリ様より先に、俺たちが拝謁してよろしいのですか？」

トールの質問はもっともだ。

私も同じことを、真っ先に考えた。

「バカめ。まだ自覚がないのか。救世主や守護者より、大魔術師クラスはこの世界の序列では格上なんだよ。言ってしまえば、救世主とは〈回収者〉の下に当たる、眷属的な存在。〝異世界の救世主召喚〟自体が、カノン独自の大魔法という訳だ」

「…………」

「ぽかんとした顔しやがって。そもそもなぜ救世主を異世界から召喚しなければならないのかというと、異世界人であることで〝世界の理〟から外れる、というのが一つある。守護者に至っては更にその手下で、救世主をサポートするただのモブだ」

「ただのモブ……」

そのただのモブに選ばれたがために、私もトールも大変な目にあったというのに！

「まあ救世主は、大魔術師(ロード)クラスを殺す権利を有しているから、そういう意味では俺たちにとって脅威なわけだがな」

「……イマイチ、ピンときません」

「そのうちわかる。それでもわからん阿呆(あほう)なら、今度俺様が黒板に図解してやる！」

エスカ司教はキレ気味に言った。

キレ気味なんだけど、ちゃんと丁寧に教えてくれようとするところがエスカ司教らしい。


長い長い廊下を歩いて、突き当りの巨大な緑の扉の前に立つ。

その扉には世界樹を模したような絵が描かれている。

エスカ司教がゴホンと咳払(せきばら)いし、扉をコンコンとノックした。

「巫女様。緑の巫女様。エスカです。入ってもよろしいでしょうか」

うわ。あのエスカ司教がまあまあ畏まってる……

と言いたげな目をして、私もトールも顔を見合わせる。

少しして、巨大な緑の扉が地面を擦るような鈍い音を立て、勝手に開いた。

扉の向こうは室内だと思っていたのに、頭上から陽光が何本も差し込んでいて驚かされた。

それどころか、土と水、若い草花の匂いが充満している。まるで森林の深い場所にいるかのよう。

「わあ……」

私は思わず感嘆のため息を漏らした。

どうやらここは、中庭のようになっているらしい。

緑の生い茂る大地にチラチラと木漏れ日が落ち込み、照らし出されるのは、見たことのない様々な植物。青々と茂り、色とりどりの花を咲かせている。

若草の生い茂った地面には、転々と水たまりのような楕円の泉があって、白い蝶々が飛び交っている。

最初はそんな、光と緑に気を取られがちだったけれど、少し進んでやっと気がつく。

そして息をのむ。

私はいつの間にか、この世界に最初から存在していた世界樹の根元にいた。

要するに世界樹の幹を囲んでドーナツ形に作られた中庭で、ここはパラ・メイア大聖堂の、それこそ中心に当たる部分なのだろう。

ここは世界樹の根元を守る場所。

言ってしまえば、この場所こそが、まさに聖地――

「おかえりなさい」

私が視線を上げて呆気に取られていると、いつの間にか、目の前に一人の少女が佇んでいた。

背はおそらく私より低いだろう。その瞳は濃い翡翠色で、淡い若草色の髪は肩で切りそろえられている。薄布を重ねたような巫女装束も薄い緑色。ふんわりした、慈愛に満ちた微笑みは、幼く可憐な天使のようにも、慈愛に満ちた聖母のようにも思える。

一目見てわかった。

ああ、このお方がきっと〈緑の巫女〉様なのだ、と。

「おかえりなさい」

その子は私たちを見てにっこりと微笑み、改めてそう言った。

「え、えと……」

おかえりなさい、とは。

私とトールが戸惑っていると、エスカ司教が膝をつき、ぺこりと頭を下げ、

「ただいま戻りました、緑の巫女様」

と言った。

「うん。おかえりなさい、お兄様」

「…………」

お兄様？

そこのところが全然わからなくて、私は思い切り首を傾げていた。

そんな私を見て、緑の巫女様は「あ！」と声をあげた。

「その子たち〈紅の魔女〉と〈黒の魔王〉の生まれ変わりでしょ？　本当に見つかったんだね～っ！」

緑の巫女様が、鈴のような可憐な声でそう言って、私とトールに駆け寄った。

そして無邪気に笑いながら、私たちの周りをぐるぐると回る。

「あなたが〈紅の魔女〉でしょう？　やっぱり赤髪なんだね～」

「え、えと」

「で、あなたが〈黒の魔王〉？　まだ若いけど、そっくり～」

「……そっくり？」

トールが疑問めいた声音でそう呟（つぶや）くと、緑髪の少女はハッとして目を大きく見開いた。

「ああ、ごめんなさい！　私ったら舞い上がっちゃって。初めまして、ヴァベル教国の〈緑の巫女〉ペルセリスと申します」

ふんわりとした妖精みたいな巫女装束を摘んで、優雅に挨拶をする緑髪の少女。

やはり、この少女が〈緑の巫女〉様。

「お初にお目にかかります。マキア・オディリールと申します」

「トール・ビグレイツと申します」

私とトールも、それぞれ胸に手を当て、挨拶をした。

ペルセリスと名乗った、緑の巫女様……

見た目でいうと、十四歳くらいかしら。幼く無邪気な少女に思えるけれど、緑の巫女様はヴァベル教国で最高の権限と、発言力を持つという。

緑の巫女様は改めて「よろしくね」と言って、今度はそわそわもじもじしながら、私たちの後ろを覗（のぞ）き込んだりしていた。

何か気になることでもあるのだろうか……

「ねえ。ユリシスは？　ユリシスはいないの？」

彼女は乙女チックな顔をして、エスカ司教に尋ねる。

エスカ司教は、ピシッと額に青筋を浮かべたものの、歪（いびつ）な笑みを浮かべて答える。

「あの腹黒クソ王子……ゴホン。いや、ルスキア王国のユリシス殿下は明後日にもこちらにいらっしゃると思います。しばしお待ちください、巫女様」

「ええーっ！　今日来ると思ったのに！　目一杯おしゃれしたのに！」

緑の巫女様はドワーフハムスターのごとく頬を膨らませて、プンスカ怒っていた。

そこで私は「あっ」と思い至る。

そういえば、緑の巫女様とユリシス先生は、婚約関係にあるのだった！

え？　え？　まさか……この方とユリシス先生が結婚するということ？

嘘でしょ。何歳差かしら。

なんか、なんか、全然イメージできない。

「何だお前たち。解せない面持ちだな」

エスカ司教が、私とトールの圧倒的戸惑いに気がつく。

「ではまず、なぜ猊下は『お兄様』なのですか？　聞きたいことは山ほどありますが、そこから教えてください」

トールがサラッと尋ねる。私もそこは気になっていた。

それには巫女様が「あっ」と声を上げ、両手を合わせて無邪気な声で答えた。

「それはねそれはね！　エスカ司教と私は実の兄妹だからだよ！　デルグスタ大司教の孫なの、私たち」

「なるほど。承知いたしました。随分とお歳が離れていて似てない兄妹なのですね。ここまで似てないのは初めて見ました」

ヤケクソ気味のトールの、無礼すぎる発言。

だけど、どう見ても天使と悪魔。真逆の存在にしか見えないです。はい。

「あのう。私からもいいでしょうか。先ほど、ルスキア王国のユリシス殿下のお名前が出ましたけれど、そういえば緑の巫女様とユリシス殿下は……」

私がおずおずとその話を切り出すと、緑の巫女様は今日一番の愛らしい笑顔になって、ピョンピョンと飛び跳ねた。

「そう！　そうなの！　私とユリシスは婚約者同士なの！」

ああ、なんてお可愛らしい。その表情は恋する少女そのもの。

緑の巫女様は本当にユリシス先生のことをお慕いしているようで、火照った頬を両手で包んで、今もポヤポヤとユリシス先生に思いを馳せていた。

「ああ。早く会いたなあ、ユリシス。やっと私が十八歳になって、ユリシスが教国に婿入りしてくれるってことになったのに、きな臭い話ばかりでなかなか会えないんだもん。待ちくたびれちゃったよ〜」

「え？　ええ――……？」

「……え？」

十八歳……？

ということは……緑の巫女様はまさかの私より年上⁉

「へっ。あいつのことだから、精霊たちとイチャコラしててんじゃねーですかね。案外、国に愛人がいたりして」

エスカ司教のぽろっと零したとんでもない発言に対し、さっきまで天真爛漫だった緑の巫女様の表情がスン……と影を帯びる。

「何を言うの、お兄様。ユリシスは私の前世の夫です。五百年前に永遠の愛を誓ったのです。裏切ることなんて、万が一にもありえないわ」

威圧感、凄い。

声もワントーン落ちて、急に大人びてしまった。

あのエスカ司教が緑の巫女様に気圧されて「はい」と答える。

トールだけは一人涼しい顔をしたまま、

「前世の夫……？」

緑の巫女様の言葉の、そこのところが気になったようだった。

緑の巫女様は、今もまだ少し大人びた口調のまま、胸に手を当てて説明する。

「ええ。緑の巫女は世襲制だけど、私は五百年前の〈緑の巫女〉の生まれ変わりでもあるの。要するに、十人いる大魔術師クラスの一人、という訳です」

「!?」

そこで私は、五百年前に名を馳せた、伝説の三大魔術師の逸話を思い返していた。

そういえば〈白の賢者〉って、当時の〈緑の巫女〉の旦那様でもあったはず。

なるほど。そういうことか。

五百年前の白の賢者の奥さんだった緑の巫女が、この子なんだ!

「そう。ユリシスは五百年前の〈白の賢者〉の生まれ変わり。そして私は、当時の〈緑の巫女〉の生まれ変わり。ゆえに私とユリシスは、前世でも今世でも、結ばれる運命なのです。メー・デー」

緑の巫女様は粛々と告げた。

前世の夫婦が再び結ばれる、か。

そう考えると、何もかも納得せざるを得ない。ユリシス先生の犯罪臭さも多少は紛れるというか……いやまあ、巫女様は実際、私より年上だったのだけれど……

「私ね、あなたたち二人のことも、よく知っているの」

「え……?」

「だからとてもそっくりだと思った。ユリシスはなおさら、そう思ったでしょうね。でも、あなたたちは五百年前のことを、まだ思い出していないのよね」

巫女様は少し、悲しげに微笑んだ。

彼女もまた、前世の記憶をしっかり思い出し、帰還を果たしているのだ。

「巫女様。そろそろご祈禱(きとう)の時間です」

「あっ、本当だ！」

エスカ司教に促され、巫女様は再び無邪気な口調になり、どこか子どもっぽく振る舞いながら、

「じゃあねマキア、トール！　またゆっくりお話ししましょう！」

私とトールに手を振って、この世界樹の幹の裏側へと駆けていって姿を消した。

「…………」

不思議な女性だ。

天真爛漫で幼気(いたいけ)だと思ったら、ふと大人びた顔をする。

幼ごころを忘れてはいないが、誰より大人の一面がある……

例に漏れず、大魔術師クラスに名を連ねる他の者たちと同じような、異質な存在感があるのだった。

その日の夜、私はヴァベル宮殿の客室のバルコニーでぼんやりとしながら、心地よい春の風に吹かれて温かなハーブティーを飲んでいた。

私とトールが恋人同士ということで、謎に警戒されて別棟の客室にされている。

エスカ司教曰く、こんな時にイチャコラされても困る、と。

トールは最後まで、お嬢が心配だ、何者かが命を狙ったらどうする、と、私と同室を希望したけれど、変なところで清く正しいエスカ司教に却下された。

「確かに……緑の幕の中に、不届き者が入れるとは思えないけど……」

スッと、ハーブティーを啜る。

教国の夜はとても静かで、木々の葉のそよぐ音だけが聞こえる。

空気が一層澄んでいる気がして、とても心が落ち着くのだった。

「……ん？」

そんな時だった。

空中にうっすらと光る線ができたかと思うと、それを切れ目のようにして、空間がパカッと開いた。そこからストンと何者かが降り立つ。

「わ、わわっ！」

私は慌てて席を立つ。

まさかの不届き者⁉　かと思ったけれど空間の切れ目から降りたのはトールだった。

「転移魔法です。落ち着いてくださいお嬢」

「て、転移魔法ってそんな感じだったっけ？」

「通常のものではなく、黒の魔王の〝黒の箱（ブラック・ボックス）〟を開いて使った転移魔法ですから。教国内では魔法に制限がかかると聞いたので、黒の魔王の魔法ならばあるいは……と思って試したのです」

「ちょ、ちょちょ、ちょっと、何やってんのよ！　それって前世の第一呪文を使ったってこと!?　あなたそれで片目を失ったのを忘れたの!?　危険だからやめなさいよ！」

　そもそもそれがエスカ司教に知れたらどうなることか……

　しかしトールはあっけらかんと答える。

「しっかりした手順を踏んで、この程度の距離であれば、リスクは全くありません。以前は無理やり黒の箱（ブラック・ボックス）を開いたのが原因だったわけで。それに、俺の場合は片目で対価を先払いしたようなものらしく、しばらくは黒の魔王の魔法を使っても、トワイライトの者たちのように体の一部を次々に失うようなことは無いだろうと……以前ユリシス殿下がおっしゃってました」

　トールが片目を押さえながら、苦笑いしてそう言った。

　トワイライトの一族——それは私の親友であるレピスを始めとした、黒の魔王の末裔（まつえい）たちのことだ。

彼らは黒の魔王の魔法を継承し、それを使用する代わりに、体の一部を対価として支払っているため、手足などを欠損していて義肢をつけていることが多いのだった。

しかし、黒の魔王の生まれ変わりであるトールであれば、片目だけでしばらく先まで、対価を支払わなくても良い、というユリシス先生の見立てであるとのことだった。

「どうやら、黒の魔王も、片目のみを対価として先払いしていたらしいので」

「そ、そういうものなの？」

「ご心配かけて申し訳ありません。ですが、お嬢の側にいたくて」

「…………」

今夜のトールは、何だかしおらしい。

その表情や視線も、どことなく弱々しい気がする。

私はトールの側に駆け寄り、その頬に触れた。

「トール、どうかしたの？　なんだか元気が無いみたい」

「……そうですか？」

「そうよ。今日はずっとそんな感じだったわ」

エスカ司教の話にも嚙みつきがちだったし、教国に着いてから私があれこれ興奮している一方で、トールはずっと気を張っていて、どこか気分が沈んでいるような、ピリピリしているような……そんな風に見えた。

「お嬢がそう言うのなら、そうなのでしょうね。飛行艇の上から、俺が以前住んでいた街が……見えたからかも知れません」

「え……」

私の表情が強張った一方で、トールは虚しそうに苦笑する。

「今更、家族に売られ、奴隷に落ちた時のことを、思い出してしまいました」

「………」

そうだ。どうしてそこに思い至らなかったのだろう。

トールにとって、フレジール皇国は祖国であり、故郷の地である。

ルスキア王国と違う景色、土や風の匂いすらも、トールにとっては辛い記憶を思い出させるものだったのかもしれない。家族や故郷に対する複雑な感情が、嫌でも湧いて出てきてしまうのだろう。

だって、トールはかつて奴隷だった。

手足を鎖に繋がれ、自由を奪われ、酷い扱いを受けていた。

私が奴隷として働くトールを見つけて、デリアフィールドに連れて帰ったのだから。

「ごめんなさい、トール。私、気がつかなくて……っ」

私は咄嗟に謝って、トールの手を取った。

その手がとても冷たい。

私の手が熱いから、余計にそう思えるのかもしれない。

ギュッと握りしめると、トールもまた優しく私の手を握り返し、苦笑した。

「どうしてお嬢が謝るのですか？　故郷が見えたのだって、お嬢の寝ている時のことですから、お気になさらずともよいのです」

「だけど、あなた絶対、寂しい気持ちになっていると思うから」

「………………」

本当は、この地に降り立つ前に、気にかけるべきことだった。

トールがしっかりしていて、何でもやりこなす強い騎士だから、私はいつものお嬢様気取りで世話をしてもらってばかりで……ああ、本当に情けない。

「トールは、故郷を見てみたい？　家族に会いたいと思う？」

私は、トールの本心を聞いてみたいと思った。

会いに行こうと思えば、行けると思うから。

だけど、

「いいえ。とんでもない。金のために俺を売った人たちですよ」

「……そうよね」

「いいのです。俺にはお嬢が……オディリールの皆様がいますから」

それにほら、俺は書類上ビグレイツ家の人間ですし。

家族と呼べる人間は多いですし。

トールは若干遠い目をしつつ、そこのところを忘れずに付け加えた。


少し冷えてきたので、バルコニーから室内へと戻る。

私はトールをソファに座らせて、お茶を淹れ直そうとする。

「お仕えするお嬢様に、お茶を淹れさせるなんて！」

と、トールは慌てて立ち上がったが、私は呆れ顔。

「あなた、さっき自分で言ってたじゃない。ビグレイツ家の人間だって。うちよりずっと格の高いお家柄なのに、今もまだ自覚が無いわねえ」

「ですが、それは表向きの話であって」

「あのね、貴族にとってこの手の契約って何より強いのよ？　いいからいいから。たまには私に淹れさせて！」

私はそう言って、半ば強引にトールに納得させ、ソファにストンと座らせた。

ハーブティーを淹れ直し、私はそれをトールの元へと運ぶ。

ソファで横に並んで、それぞれハーブティーを啜って一息ついていると、トールがぼんやりとした様子で呟いた。

「ねえ、お嬢」

「ん？」

「俺たちは本当に、前世の記憶なんかを思い出さなければならないのでしょうか」

「……え？」

唐突にその話をされて、私は戸惑った。

どうやらトールの憂いは、故郷のことだけではないようだ。

「どうしたの、トール。何か心配ごとがあるの？」

前世の記憶や、それを思い出すことに……

「今日、緑の巫女(みこ)様はおっしゃっていました。前世の夫であるユリシス殿下は、運命の人である、と。それを聞いて、俺は少し思ったのです。……記憶を思い出してしまったら、前世の恋や、愛した人への想(おも)いに囚(とら)われるのだろうか、と」

それを聞いて、私もハッとした。

ティーカップを持つ手をピタリと留めて、瞬(まばた)きもできないほどトールを見つめる。

トールは視線を落としたまま、続けた。

「俺は嫌です。今の気持ちを大事にしたい。それではいけないのですか？」

「トール……」

「だって、黒の魔王にも紅(くれない)の魔女にも、それぞれ子孫がいるのです。要は、お互いに伴侶が……愛した人がいたということでしょう」

「…………」

トワイライトの一族。

オディリール家。

この二つの一族が、それぞれ、黒の魔王と紅の魔女の末裔であるのなら、確かにトールの言う通りだ。

いいや、わかっていたはず。

だけど私は、そこのところを深く考えるのをやめていた。

だけどトールは、それを考えずにはいられないのだ。

「もしお嬢が、本当の、運命の人を思い出してしまったら……俺は……っ」

そう言って、額に手を当てて、トールはひと呼吸を置く。

「……申し訳ございません。猊下(げいか)に言われた通り、女々しいですね、俺」

「…………」

「自覚はあるのです。きっと俺は、自分に自信がないのでしょう」

弱々しい声音で、そう言い切ったトール。

「俺はあなたに愛されたい。あなただけで十分だ。それだけあなたに執着している。依存している。あなたに必要とされなくなることを……いつも恐れている」

「……トール……」

私は胸がグッと締め付けられ、泣きそうになった。

トールの憂いは、元を辿れば、全てそこに繋がるのだと悟った。

幼い頃に家族に売られ、奴隷として酷い扱いを受けてきた。

やっと居場所を見つけたと思ったら、私やオディリール家のみんなからも引き離されてしまった。

トールの、常に胸の内側にある不安。

それはきっと、不安定な居場所や、自己肯定感の低さ、愛される自信の無さが原因だ。

他者から見れば、何もかもが完璧に思えるトールの、心の闇。

これでは、黒の魔王の記憶どころではない。

今を生きる彼こそが必死に、幼少期の辛い記憶や、トラウマに苦しめられた過去を克服しようとしているのに。

少なくとも、親に愛されて育った私とは違う。

生きている現在が、すでに一杯一杯で、余裕がない。

「トール……ッ」

私はティーカップを置いて立ち上がると、真正面からトールと向き合い、その頭をギュッと胸に抱きしめた。

しばらくずっと、そうしている。

私もトールも、お互いの温(ぬく)もりに安心感を得るまで。

「ねえ、聞いていい？」

「何でしょうか……？」

「トールはどうして、私のことが好きなの？」

「それは色々ありますけど……」

色々、あるんだ。

「一番は、お嬢が俺を見つけ、俺に〝名前〟を与えてくれたからです。きっと、俺の運命が塗り変わった瞬間でした。俺にはハッキリとそれがわかった」

「…………」

「俺は、デリアフィールドであなたと共に過ごした時間が、人生で一番幸せだった」

港町で痩せた奴隷の少年を見つけた、あの日。

魔法の素質を見抜いて、名前を与えて、共に精進した日々。

何もかもが優しく穏やかで、お互いがいれば寂しくなかった、幼少の思い出。

それを覆すようなものなどいらない。欲しくない。

そうであったなら、前世の記憶を思い出すことをトールが嫌がる気持ちはよくわかる。

トールは、マキア・オディリールという、今の私を求めてくれている。

私が変わることも、トール自身が変わることも、怖くて怖くて仕方がないのだ。

そこまで私を思ってくれていることが、嬉しくて、悲しい。

トールには私しかいない。

そんなことないと私が言ったところで、トール自身がそう思っている。

私は泣きそうになるのを何とか堪え、トールの頭を何度も撫でながら、わざと明るい声で言う。

「言っておくけれど！　あなたが守護者に選ばれて、王都に連れていかれた時の私の絶望だってかなりのものだったわよ。全く食事が喉を通らなくて、この私がガリガリに痩せちゃったんだから」

何度かこの話はトールにしたことがある。

だけど改めて、トールに言い聞かせる。

今となっては笑い話だけれど、あの時の私は本当に、人生のどん底にいたのよね。

「私はトールに恋をしていた。それに気がつくのが遅すぎて、あなたに何も言えなかったことを、とても後悔したわ。だからあんなに、必死にあなたを追いかけたのよ。あなたに追いつきたくて仕方がなかった」

この気持ちが、前世を思い出しただけで、無かったことになるなんて思わない。

「私は、この恋を忘れない。絶対に、あなたを一人にさせない」

この言葉を聞いたトールの体が、ピクリと反応した。少しずつ、体の力が抜けていくのを感じる。

それに、私は少し思うのだ。

黒の魔王と紅の魔女について。

私とトールがこんなに想い合っているのに、あの二人に何も無かったとは思えない。

たとえお互いに伴侶がいたとして、結ばれなかったとして、心の通い合う瞬間はあったのではないか、と。

少なくとも、紅の魔女は誰かに片想い(かたおも)いをしていたという。アネモネの花言葉にもあるように、報われない恋をしていたと、聞いたことがある。

その相手が黒の魔王であるのなら……

きっと、全ての答えは、前世にあるのだ。

トールはあまり思い出したくないようだけれど、私はそれを確認してみたい、とは思っている。

　と、その時だった。

「……こんなことなら、やはり、デリアフィールドに戻った時に婚約しておくんでした」

　トールが私の腕の中で、ボソッと呟いた。

　私は「はい？」と聞き返してしまう。

「確かにお父様とお母様が、ここで婚約していけば〜とか言ってたけど……あなたもそういう、契約にこだわるタイプ？」

「こだわります。そういう確かな契約が欲しいです。だって、貴族にとってこの手の契約の話が一番強いのでしょう？」

「そ、それは」

　私がさっき言った言葉を利用して、巧みに言い返すトール。

　彼はスッと顔を上げて、目の前にいる私の手を、がっしりと掴む。

　私が「ん？」とか言った束の間、腕を引かれ、見事にソファに押し倒され、気がつけばトールが私に覆いかぶさっている。

「何だかもう、既成事実を作った方がいいような気がしてきました」

「はい？　既成事実？」

　私が意味不明と言いたげな顔をしていると、トールは意地悪な笑みを浮かべて、私の頬を撫で、その親指で唇をなぞる。

「俺を安心させてください。お嬢」

耳元でそう囁(ささや)いて、私の体が強張(こわば)った瞬間に、唇を重ねる。

いつもと違って余裕のないキスで、私の呼吸は乱れ、胸は猛烈な早鐘を打っていた。

その一方で、あれ、小悪魔なトールが復活している、とか思っている。

さっきまでの、しおらしく弱々しかったトールはいずこへ。

さらには首筋に唇を寄せて、グッとトールの体が近づき、私の体は余計に強張った。

「ちょ、ちょちょょちょ、落ち着いてトール！　若気の至りで早まっちゃダメッ！　ここは聖地～っ！」

私は顔を真っ赤にさせ、あれこれ言いつつも、グイグイくるトールにされるがままだったりすると……

バタン！

突然、部屋の扉が思い切り開かれる音がした。

驚いてそちらに顔を向けると、この世界で最も罪深い罪人でも見つけたような表情のエスカ司教が立っていて、

「お前ら……」

「あ、あ、あの」

「お前らあああぁぁぁあああっ！　聖地でイチャコラすなあああああああああ!!」

ブチギレのど真ん中、断罪モードのエスカ司教。

すでにバズーカ砲を構えていらっしゃる。

トールは悪びれもせず「邪魔が入りました。チッ」とか舌打ち。

私はというと、涙目で「わあ！　わあああああっ！」と叫び、ここにある全てを炎上させかねないエスカ司教を止めに行く。

こんなこと、前にもありましたよね……とか思いながら。

第三話　再会

リンゴーン、リンゴーン、リンゴーン……

教国にやってきた、その翌日の早朝。

私は荘厳で巨大な鐘の音で、ベッドから飛び起きた。

これが聖地名物パラ・メイア大聖堂の、聖なる鐘の音だということだが、今日の睡眠時間が少ない私には、骨身にこたえるしんどい響きだ。

昨日はあれから、エスカ司教のくどくどしたお説教を、トールと二人で正座して聞く羽目になったのだった……

朝食の席でトールと会ったけれど、トールは昨日見せた表情や、吐き出した弱音など感じさせない様子で、いつものように騎士らしく私に接する。

なので私も、いつも通り、トールに接することにした。

朝食の後、私とトールは教国内にある世界樹研究所に来ていた。

ここは世界樹の歴史と、この世界における役割を研究し、また教国内の魔力の管理、教国を囲むように張られている〝緑の幕〟の展開を調整している場所だ。

世界中の多くの優秀な魔術師は、一度はこの研究所を訪れ、この世の魔法の根源を知ろうとするという。

というわけで、ルスキア王国の魔術師でもある私とトールは、エスカ司教にこの研究所を訪れるといいと言われたのだった。

エスカ司教曰く、そこに行けばいいものが見られる、ということだったのだが……

「って、ネロ!?」

「あ、マキア」

研究施設に入るやいなや、私はやや懐かしい人物に遭遇した。

元ガーネットの9班の班員、ネロ・パッヘルベルである。

魔法学校での騒動の後、あのような別れ方をして、こんなに早くに再会するとは思わなかった。しかし彼はフレジールの軍服の上着を脱いだ状態で、ちょうど本をいくつか抱えて、確かにそこに居たのだった。

ふわっとしたプラチナブロンドの髪も、本来の瞳の色を茶色のコンタクトで隠しているところも、何もかも懐かしい。

「うわーんネロだ！　久しぶり！　元気してた？　うわーん」

感極まって、ネロに抱きつく。

ネロはそれを事前に察知して、本を頭上に掲げて私に抱きつかれていた。それはもう、背骨が軋まんばかりに、ギューーッとね。

少し見ない間に背が伸びたかしら。

体格も以前よりは男の子らしくなった気がする。流石軍人さん……

「あのさ、マキア。僕も再会は嬉しいけど……後ろの彼が凄く怖い顔してるから、離れてくれる？」

「え？　あ」

ネロから離れ、恐る恐る振り返ると、トールは至って普通の爽やかな笑顔で佇んでいる。

ネロはいったい、何を見てしまったのだろうか。

「良かったですね、お嬢。ご学友と再会できて」

「え？　あ、うん」

確かにトールは、前々からネロやフレイなどの魔法学校の班員（男子）を妙に意識していたけれど……

「あの、違うのよトール。ネロは何ていうか、大切な友人というか、愉快な仲間の一人というか」

「え？　別に何も気にしていませんよ。ご学友のネロ殿下のことは存じ上げておりますし。

ええ、本当に。別に舞踏会でマキアお嬢様と組んで踊っていたことなど、気にしておりません。お嬢が手取り足取り、ダンスを教えてなんて、そんな……」

「そんな過去まで遡る⁉ ていうか、何でそんなこと知ってんの⁉」

トールのこの笑顔は、めちゃくちゃ気にしているやつ。私、知ってる。

確かに私は、王宮の夏の舞踏会に呼ばれたことで、急遽(きゅうきょ)、ダンスが苦手なネロに色々教えてあげたけれど……もしかしてレピスに話を聞いたのかしら？

同じガーネットの9班だったレピスは、トールにとっては〈黒の魔王〉の魔法を教えてくれる先生だった訳だし。

ネロは何ともいえない気まずい顔をしていたが、

「マキア。君が昨日からここに来ていることは聞いていた。時間はあるかい？ 見せたいものがあるんだ」

「え？ ええ」

「トール・ビグレイツも来て欲しい。君にも関係のあるものだと思う」

「……？ かしこまりました」

ネロは私とトールを、この研究所の奥へと連れていく。

ネロはいったい、私たちに何を見せたいのだろう。

研究所の裏口から外に出て、背の高い木々が立ち並ぶ森を進む。

ここは教国の中でも、限られた人物しか立ち入ることのできない閉鎖的な地区になっているらしい。

確かにここを通る人の服装を見ていると、研究者らしい白衣を着ていたり、特別な武装をしている軍人が多いように思う。表側では大勢見かけた信者は全くおらず、司教や修道女もほとんどいない。

舗装された道を進んでいると、妙な音がして、それが徐々に大きくなってきた。

「これ、何の音かしら」

グウグウ……ギイギイ……

深く、大地に響くような音がする。

私がその音を気にしていると、ネロがチラッと私を見て、ボソッと言った。

「……まあ、もうすぐわかるよ」

すぐに広場のような場所に出た。

私たちはそこで〝あるもの〟を目撃し、すっかり立ち尽くしてしまう。

「あれって」

頑丈な鎖に繫（つな）がれ、首を垂らして眠っていたもの。

それはかつてルネ・ルスキア魔法学校を襲った恐怖の存在——ドラゴンだった。

「そう。ドラゴンだ。ルネ・ルスキアを強襲し、ユリシス先生とパン校長が捕獲した、あの」

ネロが淡々と答える。

「さっきから聞こえていた音は、ドラゴンの鼻息だったのですね。なぜ、ここにドラゴンが？」

トールもまた、驚いたように目を大きく見開き、ドラゴンを見つめていた。

「パン校長先生の腹の中に閉じ込められたまま、秘密裏に教国に運ばれたんだ」

「どうして教国なの？　危険じゃないの？　ここにはフレジールの憲兵しかいないのに」

私の疑問に、ネロは「いいや」と首を振る。

「この世界で一番安全な場所。それが聖地、ヴァベル教国なんだよ」

ネロははっきりとそう言い切った。

私はその理由を考えて、思い至る。

「それは……教国に〝緑の幕〟があるから？」

「そう。教国を取り囲む〝緑の幕〟を二人とも見ただろう。あれは世界樹の魔力を使った、突破不可能な大結界。僕らが通常使っているような魔法壁とは訳が違う。敵がここに攻めてくることはまず不可能であり、逆にここが突破されるようなことがあれば、それは僕たち〝皇国側〟の敗北を意味する」

「………」

世界は今〝帝国側〟と〝皇国側〟に分かれている。

双方の間で、戦争が起きようとしている緊張状態にあるのだ。

ルスキア王国は同盟国である〝皇国側〟な訳だけれど……要するに聖地は最後の砦（とりで）って訳ね。

「それに、教国には神話時代のデータも多い。精霊のドラゴンと違って、本物の生きたドラゴンは、神話時代にすでに滅んだと言われていた古代生物だ。教国の方がドラゴンの扱い方がわかるだろうということで、ユリシス先生……殿下が、教国に預ける決定をしたんだよ」

「……なるほどね。理解したわ」

ドラゴンが、わざわざここに預けられた理由は、納得できた。

だけど、つくづく不思議だ。

精霊のドラゴンも貴重と言えば貴重なのだけれど、それらは自然界のエレメンツが、神話時代に存在したドラゴンを模して具現化したものだと言われている。

本物の生きたドラゴンとは、神話時代に絶滅した古代生物で、地球で言うところの恐竜みたいなものなのよね。

「すでに滅んだと言われている古代生物を……帝国は一体どこから連れてきたのかしら。どこかでひっそり生きてたってこと？　あまつさえ、それを戦争の兵器として使うし」

そう。

ドラゴンとは、この世界の、何処から連れてこられたのか。

私が腕を組み、それを純粋に疑問に思っていると、ネロは少しばかり複雑な表情のまま、黙り込んでいた。

「マキア！」

どこからか別の声がして、私はハッとする。

そしてキョロキョロと、その声の主を探した。その声を、私はよく知っていたから。

声の主はすぐに見つかった。

彼女は長い黒髪を後ろで三つ編みにしていて、フレジールの軍属魔術師のローブを纏っている。その顔も、声も、私には恋しくてたまらないもの。

「レピス……っ！」

彼女はレピス・トワイライト。レピスは私のルームメイトで親友だった。

それなのに、ルネ・ルスキア魔法学校での事件以来、彼女は急ぎフレジールに帰らなければならず、私には手紙だけを残して、会えないまま別れたのだった。

「マキア！」

「レピス！　レピス〜ッ！　うわーん」

お互いに駆け寄り抱き合う。

私は涙目になって、レピスに思い切り縋り付いて、子どもみたいに泣きじゃくっていた。

「レピスのバカバカ！　あんな泣ける手紙残して、一人で帰っちゃうなんて！」

「ええ、ごめんなさい。謝らなければと思っていたんです。マキア」

「謝らなくていいわよ〜っ。うわーん」

レピスは情緒が不安定な私を宥めるように、やはり「ごめんなさい」と囁いた。

そして、

「マキア、感情が高ぶっているところ申し訳ないのですが、そろそろ泣き止んだ方がいいかもしれません。ドラゴンがあなたの泣き声で起きてしまって、暴れるかも」

「あ」

ドラゴンを取り巻く人々が、ギラギラした目でこちらを見ていた。

なので、スンと洟をすすってお口にチャック。大人しくする。

レピスのウィスパーボイスと違って、私の声は広範囲にキンキンと響くのだった。

「トール・ビグレイツ。お久しぶりですね」

「ご無沙汰しております。レピス先生」

レピスは次に、トールに向き直って挨拶をした。

トールもまた、レピスに向かって胸に手を当て、騎士らしく丁寧にお辞儀をする。

トールがレピスのことを先生呼びするの、今もまだ違和感あるなあ。

「改めて見ると、二人とも本当に似てるわよね。まるで兄妹みたい」

「髪色と瞳の色が近いですからね。俺とレピス先生は」

「トールさんはトワイライトの始祖である黒の魔王の生まれ変わりですから、当然といえば当然かと」

二人して、サラッと冷静に分析して言うところも、そっくり。

キリッと涼しげな、切れ長の目も。

トールは改めて、ここで眠るドラゴンを見上げた。

「ここで、何をしているのですか？」

「ドラゴンをお世話しながら、私のように皇国側についたトワイライトの者たちで研究しているのです。ドラゴンは幸い、大樹の側では大人しくなる性質があるようで。あの時の暴走が嘘のように、今はとても温厚で、可愛らしいものですよ」

そうか。ここにいる、レピスと同じ軍属魔術師の制服を纏った魔術師の中には、トワイライトの人間もいるのか。どうりで、こちらをうかがう視線が強いと思った。

トワイライトの一族は、独特の魔力の気配がある。

「ノア。こちらにいらっしゃい」

レピスに呼ばれてやってきたのは、私の知る黒猫の精霊ノア……ではなく、私より二、三歳ほど年下に見える男の子。

レピスはその子に手を向けて、私たちに紹介した。

「この子は、私の弟のノアです」

「ノア・トワイライトと申します。お久しぶりです、マキアさん」

お顔はレピスに似ていてクール系美少年……

だけど私は、訳が分からなくて首を傾げる。

「ノアって、レピスの精霊の名前じゃなかった？　ほら黒猫の。レピスは精霊に弟の名前をつけていた……ってこと？」

「いいえ。この子があの黒猫です。ノアは正真正銘、精霊なのです」

「ん⁉」

実の弟が、精霊？

混乱している私を見て、レピスは少し眉を寄せながら、微笑んだ。

「マキアは、人の精霊化をご存じですか？」

「いえ、全く」

「ふふ。そうでしょうね。そもそも生きた人間の精霊化など為せる魔術師は、この世でただ一人、あの方だけですから」

レピスは遠い昔を思い出すような目をして、説明を続ける。

「以前、私を含むトワイライトの人間の一部が、フレジールに亡命したという話をしましたね。ですが、追っ手を振り切りながら逃げる途中、多くの同志が命を落としました。ノアは私の弟で、当時はまだ幼く、フレジールに保護された時は既に瀕死の状態だったのです」

「……え」

「その時、ちょうどフレジールにご滞在されていたユリシス殿下がノアの様子を見て、こうおっしゃいました」

この子の肉体は既に死んでいる。

しかし、まだ魂はここにある。

ならば、この子を〝精霊〟として君のそばに置き続けることはできる。

「ユリシス先生、そんなことまでできるなんて……」

いや、この場合は〈白の賢者〉と言ったほうがいいのかもしれない。

ユリシス先生は、大魔術師クラスである〈白の賢者〉の生まれ変わりだから。

「私は、弟のノアを失いたくないばかりに、ノアの精霊化を願ったのです。私は……愚かな姉です」

そう言いながら、レピスはノアの頭を撫でた。

当のノアは少し困ったような顔をして、

「別に僕は、精霊化して不満なんて無いんだけど。姉さん」

そんな風に淡々と言う。レピスはやはり困ったように微笑んでいた。

どうして、レピスは自分を愚かな姉だと言ったのだろう。

精霊化したとして、大切な人が死ぬよりいいのでは……と、この時の無知な私は思ったのだった。

「ん？　ちょっと待って。私、てっきりただの黒猫の精霊と思って、隙あらばノアのことをもふもふしまくった気がする。めちゃくちゃウザかったわよね。ごめんね。年頃の男の子にそんな」

「別に、何とも」

「あ、そう」

とてもドライでクールな子だった。

黒猫の時のノアも、割とスルースキル高かったな。

「ネロさん、あの話はマキアとトールさんにしましたか？」

「いや、まだ……」

レピスとネロが、顔を見合わせて何かを確認していた。

「何か、私たちに話があるの？」

ネロが改めて私たちに向き直り、真面目な顔をしてこう言った。

「さっきも話したが、このドラゴンがどこからやってきたのか、という話だ」


ここでは何だから、ということで、研究所の一室にやってきた。

主にネロとレピスが、あのドラゴンの研究用に使用している部屋ということだった。

少しだけ、ガーネットの9班が使っていたガラス瓶のアトリエを思い出す。ごちゃごちゃと魔法道具や本で溢れた部屋だ。

ネロが「お客に出す紅茶がない」と言うと、レピスが「確かこっちに新しいのが」と答え、二人して棚をゴソゴソ探っている。

「…………」

二人の様子を見ていると、彼らがここでも一緒に活動していることが、私にはとても嬉しく感じられた。ガーネットの9班の絆は、まだ繋がっていることを信じられるから。

「それで、ドラゴンがどこから来たか……という話とは？」

やっとお茶が出たところで、トールが単刀直入に尋ねた。

するとネロが、

「まずは、これを見て欲しい」

ホワイトボードに張られた大きな地図の、ペラッと捲れ上がる下方を押さえながら、私たちの視線を促す。

私はその世界地図を見つめた。

メイデーアという、世界の地図を。

「メイデーア。そう称されるこの世界は、四枚花弁の花や、四つ葉のクローバーに喩えられることが多い。教国の紋章も、この世界の形を象ったメイデーア・クロスと呼ばれるものだ。この四方に、それぞれの文化を持つ大国と小国があり、歴史を紡いできた」

北の大国はエルメデス帝国。

西の大国はフレジール皇国。

南の大国はルスキア王国。

東の大国は黄麟国。

この四大国を中心に、その他の中小の国家が存在している。

「しかし今現在、この世界の人間にとって、未開拓で未知なる土地がある。どこだかわかるか？」

「え？　黄麟国？」

私は割と速攻で、大真面目に答えた。

しかしネロも速攻で「違う」と言う。

違うのか……

ネロはまず、持っていた指し棒のようなもので黄麟国を指す。それは東方の大国だ。

「確かに黄麟国は、大国でありながら今現在鎖国中で、未知なる大国と思われることが多い。帝国と皇国の戦争が始まりそうだというのに、何の動きも見せず静観している。しかし、決して中に入れない訳じゃない。貿易だって一部の港でやっているし、僕も一度だけ行ったことがある」

「え、そうなの!?」

「それに、僕らにあまり馴染み（なじ）が無いだけで、別に未知なる国というわけじゃない。あの国は、東方諸国では今もなお絶大な影響力を持つ」

「……じゃあ、えーと」

私は再び地図を見た。メイデーアって大きい大陸も一つしかないし、よくよく考えるとそれほど巨大な世界じゃない。地球の方がよほど大きいように思う。

そうなってくると、今もまだ未開拓で、未知な領域なんて……

私が悩みに悩んでいると、隣にいたトールが、

「もしかして……中央ですか？」

そう、落ち着いた声で言った。

私はハッとする。全く考えが及ばなかったのは、そこがすでに死んだ土地だと言われているからだ。

そう。このメイデーアという世界の中心に、ぽっかりと黒い穴が開いた場所。

かつて、紅の魔女が大爆発を起こした……


「その通り。このメイデーアの中心──魔女の瞳孔だ」


ネロが、長い棒を持って、地図の中心を指す。

地図上でも、ぽっかりと、そこは黒く塗りつぶされている。

魔女の瞳孔とはよく言ったもの。本当に、黒い瞳の瞳孔のよう……

「五百年前、紅の魔女がこの場所で、トネリコの救世主を巻き込んで大爆発を起こした。

これは誰もが歴史の授業で習う、とても有名な伝説だ。今もまだ、この周辺は高密度の悪

質な魔粒子が残留していて、人々が近づける場所ではなくなっている」

そこに立ち入った人間の大半は、この悪質な魔粒子によって体を汚染され、すぐに死んでしまうという。

「授業でも習ったわ。今は人が近づけない死の土地になっていて、この地に接する各国の国境には、強力な魔法壁が張られている、と。それを定期的に張り直している、と」

そうやって、五百年の間、ずっと不可侵領域となっているのが、この世界の中心部だ。

誰もが、そこがどうなっているのか、知らずにいる。

知る由もないと思っている。

「だけど、おそらく帝国はすでに〝魔女の瞳孔〟の調査を開始しているとみている」

「帝国が？　どうして？」

トールは険しい顔をして黙っていたが、私にはその理由がよく分からなかった。

ネロは一度レピスとアイコンタクトを取ってから、慎重な声音で告げた。

「確定的な話ではないが、帝国は、紅の魔女が大爆発を起こして開けた大きな穴の中から、あの〝ドラゴン〟を見つけて連れてきたのだと……僕たち、皇国側は考えている」

「え……」

ドキッとして、次第にジワジワと染み入るような焦りが込み上げてくる。

「魔女の瞳孔から……あの、ドラゴンを……？」

この焦りは、私が、紅の魔女の生まれ変わりだと言われているからか。

何も覚えていないのに、前世の私は、この世界の中心に大きな穴を開けた。

そこから連れてこられたドラゴンが、私たちの大事な学び舎を襲ったのだ。

かつて、私がまだ、この世界で一番悪い魔女の末裔だと思っていた頃は、世界の中心の大穴のことも、どこか誇らしいと思っていた。それができるだけの偉大な魔女が先祖にいるということが嬉しかった。

だけどそれは自分と遠く無関係でいられる、古いお伽話の延長上にあるものだと思っていたからだ。それはこの世界の現実で、今もなお悪質な魔粒子が大地を蝕んでいるのに。

あまつさえ、そこにドラゴンがいるなんて……

「魔女の瞳孔に、ドラゴンが隠れ住んでいた、ということですか？」

トールが私の様子を少しだけ気にかけながら、問いかける。

ネロは、腕を組んで少し唸った。

「わからないんだ。ドラゴンはもともと、絶滅した神話時代の生き物だと言われていた。地中の深い場所で眠っていたドラゴンが、大爆発によって大地の下から出てきたのか……それともドラゴンの化石の一部なんかから、新たにドラゴンを生み出す技術を帝国が持っているのか……他に、あの場所には特別な〝何か〟があるのか」

「…………」

「少なくとも僕は、大爆発によって抉られた大地の奥深い場所に、この世界の〝秘密〟が眠っているのだと思っている」

「世界の……秘密……？」

ふと、この世界の創世神話と、その終末を思い出す。

十柱の神々が争った末に滅び、そして作り直されたという、この世界。

紅の魔女の起こした大爆発は、この世界の何を抉り出してしまったというのだろうか。

「そもそも……世界の中心って、紅の魔女が大爆発を起こす以前は何だったのでしょうか」

トールが、ふと気になった様子で問いかけた。

ネロが小さくうなずいて答えた。

「五百年前より以前は、霧に覆われた巨大な湖だったとされている」

「え？　湖？」

レピスが、テーブルの上に大きくて古い本を広げた。

それは教国に残されている、世界中の記録の書物だという。

「世界の中心にあった巨大な湖は、古くは〝星の大湖〟と呼ばれていたそうです。そこは紅の魔女が大穴を開けてしまう前から、ずっと不思議な現象が起こる魔力の溜まり場だったとか。人々が立ち入るだけで忽然と消えてしまったり、戻ってこられたとして体質が変わっていたり、意味不明な言語を話すようになっていたり……当時の記録によれば、この湖に小舟一つで出て行った少年が行方不明になり、二十年後に、何も変わらない姿で戻ってきた、というのもあります」

「何よそれ、浦島太郎じゃない」

「……？」

私は的確なツッコミをしたと思ったのだけれど、浦島太郎が、誰にも伝わらない。

皆さまキョトンとしていらっしゃる。

ああ、ここにアイリがいれば。アイリがいれば……っ。

「い、いいわ。話を続けて」

「…………」

ネロとレピスは、そこから先の話を少し戸惑っていた。何か言いたいことがあるのに、言えずにいるという表情だ。

「どうしたの、ネロ、レピス」

「あ……その……」

レピスが何か言おうとしたのを、ネロが止めた。

そしてネロが、私とトールに改まって、このような話をする。

「そこで……君たちに頼みたいことがあるんだ。とても言いづらいことなんだけど、君たちの前世に関わることだ」

「私たちの、前世に？」

私が首を傾げていると、トールが淡々と聞き返した。

「それは、当時の、この付近に関する情報が知りたいということですか？」

「えっ」

私には全く考えが及ばなかった。……だけど、そっか、なるほど。

「……その通りだ。教国にさえ、五百年前の〝世界の中心〟に関する情報はあまり無い。巨大な湖があり、そこを渡って調べようとした調査団が全員行方不明になった、という記録が残っているだけ……実際に、そこに何があったのかは、わからない」

ネロはまた、少しだけ言いづらそうにしながら、話を続けた。

「だけど僕は思う。三大魔術師であったなら、そこの情報を何かしら持っていたのではないか、と」

私もトールも、少しだけ黙った。その記憶が無いので何も言えなかったのだ。

ただ、そういえば……

「ユリシス先生は、何かおっしゃっていた？」

同じ、五百年前を生きた〈白の賢者〉の生まれ変わりであるユリシス先生は、そのことを何か覚えていたのだろうか？

ユリシス先生は、すでに記憶を取り戻している。

「ユリシス先生……殿下は、よく湖の畔を歩いて、精霊を見つけておられたそうだ。その湖を何度か横断しようとして、でも結局、嫌な気がしてやめたとおっしゃっていたんだ。なぜそう思ったのか、わからない、と」

「嫌な気……？」

「あの辺には、もともと妙な魔力のゆらぎがあるらしい。その魔力が、白の賢者すら踏み込ませない何かだったのかもしれない。だけど、本当のところはわからない。ただ……」

ネロはスッと視線を上げた。

「紅の魔女と黒の魔王は、世界の中心にあった大湖の上を箒やドラゴンの精霊に乗って、自由に行き来していたと、ユリシス先生はおっしゃっていた」

「………」

「君たちの記憶の中に何かしらのヒントがあるかもしれない。魔女の瞳孔に踏み込んで行ける方法を、僕たちは知らなければ……」

ネロはそう言いながら、視線を落とし、密かに拳を握りしめたのを私は見た。

「……ネロ？」

声音は淡々としていたが、彼はどこか、焦っているように思える。

「マキア」

　ネロが顔を上げ、私を見つめた。私はピシッと背筋を伸ばす。

　彼はとても真剣な眼差しで、私に話をした。

「遠慮なく言ってしまうけれど、君は〈紅の魔女〉の生まれ変わりだ。その記憶はまだ無いとしても、魔女の瞳孔を生み出した、張本人だ」

「……ええ」

「あの場所で大爆発を起こしたということは、きっと、世界の中心に踏み入ったに違いない。どうやって踏み入ったのか、あの場所に何があったのか……もし記憶を思い出したら、君の許す限りでいいから、僕たちに教えて欲しい」

「………」

「君の記憶が、きっと、今後の世界を大きく左右する」

「お待ちください、ネロ殿下」

　その時、トールが口を挟んでネロに意見した。

「それは、紅の魔女の死に際の記憶を、教えて欲しいとおっしゃっていることと同意です。記憶を思い出すだけでも十分、マキアお嬢様に負担があるというのに、そんなこと……」

　トールの声音は低く、神妙な顔つきだった。

　私にはまだ実感が無いけれど、確かにそれは紅の魔女の死に際の記憶……

「うん。ごめん。その通りだ。こんなこと言われても、困るよね」

「…………」

「かの〈紅の魔女〉があの場所で大爆発を起こした時の記憶は……死の直前の記憶だということ。きっとそこに至るまでに、色んなことがあったのだと思う。僕らはそれを、とても淡白な歴史書の文字列でしか知らないけれど……それを思い出したら教えて欲しいなんて、どうかしている」

ネロは自分自身の発言を自覚していた。しかしその目には、いつも無感情そうに思える彼の、際立って感情的な意思を感じたのだった。

「だけど、エルメデス帝国が動き出している。帝国に魔女の瞳孔を、そこにあるモノを奪われる訳にはいかない。あの国は何だって利用する。この戦争に勝つために」

「……ネロ」

そう断言したネロを、レピスが少し心配そうな、気遣うような目で見ていた。

ネロは、エルメデス帝国からフレジール皇国に亡命した王子だ。

軍部のクーデターさえ無かったら、順当に王位が引き継がれ、いつかネロが皇帝になっていたのだろう。かの国への思いや憤り、責任感は、きっと誰よりも大きいと思う。

ネロの隣に座っているレピスもまた、帝国の理不尽な暴力の被害者だ。それでいて、今や世界の悪者のように言われているトワイライトの一族の人間でもある。

ネロとレピスは、きっとお互いの境遇をよく理解できるのだと思う。

帝国に好き勝手させてたまるかと、こうやって一緒に〝魔女の瞳孔〟や〝ドラゴン〟について調べているのだ。

誰もが、複雑な境遇や立場にいて、大きな葛藤を抱いて、戦っている。

私やトールが特別な訳では決してない。

だから、私は立ち上がり、

「ネロ。気にしてはダメよ。私たち元々、そのつもりで教国に来たんだもの」

ネロの側に歩み寄り、膝をついて、項垂(うなだ)れる彼の手を取った。

「前世の記憶を思い出したら、確かに色々とわかることがあると思う。それでも今の私は、紅の魔女ではなくマキア・オディリールなの。あなただって言ったじゃない。マキアはマキアだって」

「……マキア」

「紅の魔女という……他人の人生を覗(のぞ)くだけ。きっとね、大丈夫よ」

そうであって欲しいという願いを込めて、囁(ささや)いた。

紅の魔女の記憶に、感情に、のまれるつもりはないから。

「何か思い出したこと、わかったことがあったら、ちゃんと知らせるわ。私だって、あなたたちの戦いの力になりたいもの」

トールが隣で心配そうにしていたけれど、私は笑顔で、レピスとネロにそう宣言した。

だけどこの時の私は、紅の魔女の記憶に秘められたものを、本当に、何一つ知らずにいたのだと思う。

第四話　信じている人

「おい、トール・ビグレイツはいるか！」

　突然、研究施設の一室の扉が、ノックもなく開いた。

　エスカ司教が、ネロ、レピス、私、トールをひと通り見渡した後、トールをギロリと見下ろして、声をかけた。

「トール。お前に話がある。ちょっと来い」

「……何でしょうか。異国の地でお嬢をお一人にするわけにはいきませんが」

　トールは、あからさまに怪訝な表情になる。

「オメー、その〝お嬢依存症〟をどうにかしろ。マジで」

　あのエスカ司教にも呆れられているトール。

　しかしトールはしれっとしたまま、言うことを聞こうとしない。

「私は大丈夫よ、トール。ネロもレピスもいるし」

「……しかし」

「きっと大事な話だと思うから、行ってらっしゃい」

私がそう言っても、まだ、私の側から離れようとしないトール。

そんなトールの肩に、後ろからポンと手を置いたのは、クールに微笑むレピスだった。

いつの間に、そこに。

「トールさん。マキアが心配なのはわかりますが、私がいながらマキアを危険な目に遭わせるとでも？」

「……承知いたしました。レピス先生」

おや。あのトールが、意外とレピスの言うことを素直に聞いた。

かつてレピスに、黒の魔王の魔術に関する極めてキツい修行をさせられ、ビシバシ鍛えられた経験のあるトール。あれやこれやの恐怖が染み付いているのかも……

と言う訳で、エスカ司教に連れて行かれてしまったトール。

私はレピスとネロの元に置き去りにされ、一瞬の沈黙の間に、私のお腹がぐ〜と鳴る。

「お腹すいたよね」と、ネロ。

「昼食にしましょうか」と、レピス。

「ごめんね、ごめんね……っ」

「いいよ別に」と、ネロ。

「マキアらしいです」と、レピス。

「ごめんね、ごめんね……っ」

ネロやレピスに促されながら、私たちは昼食を取ることにする。

ああ恥ずかしい。私の腹の虫はいつもとても素直なんだから。


教国での昼食は、基本的には決まった時間に食堂で取るものらしいのだが、ここ研究施設の場合は、目の離せない研究もあったり無かったりで、各々が自由に昼食を取るスタイルらしい。

この研究施設の一室にはあらゆる保存食が備蓄されていて、中にはルスキア王国産のスープ、果実、魚のオイル漬け、オリーブなどの缶詰がある。あとは、食肉加工の文化があるフレジール名物、ウインナーやベーコンなど。

フレジールの主食はジャガイモだから、ジャガイモもたくさんある。まあ、ジャガイモは魔質の内蔵量が多いのは魔法学校の授業でも習った通りなので、私たちは早速ジャガイモを蒸し、いくつか缶詰を温めたのだった。

ミートボールとキャベツの入ったトマトスープの缶詰。

ニシンのオイル漬けの缶詰。

ブラックオリーブのおつまみ。

魔法の火で炙(あぶ)った、ニンニクやハーブを練りこんだウインナー。

ただの蒸し芋。などなど。

これらをテーブルに並べると、魔法学校のガラス瓶のアトリエで、皆で食事を取ったあの頃を思い出す。そんなに遠い昔のことじゃないけど、あの頃。

「教国では質素倹約がモットーだ。ゆえに、麦粥のような質素なものばかり食べさせられる。味付けも薄いし。ルスキア王国で豊かな食事をしてきた僕らには少し辛いものがある」

「た、確かに……」

昨日今日で、それは少し思い知らされた。あれがずっと続くのはしんどい……

「でも、その割にエスカ司教は肉を食えって言うわよ。あの人、食事に関しては絶対教国のルール守ってないわよ」

「まあ、エスカ司教はほとんど教国にいませんからね。外に出てしまえば、教国流の食事を取る必要もないので」

そういうもんなの？　適当ねえ……

なんてぼやきながら、炙ったウインナーを頬張る。

ああ……パリッとした皮の弾ける音、ジューシーな肉汁と、後から利いてくるハーブの香りがたまらない。フレジールの食肉加工の技術はとても進んでいて、毎日ウインナーやハムをたくさん食べるらしい。教国で贅沢をしてすみません。

「そういえば、フレイは元気にしているかい？」

ネロが、元ルームメイトであるフレイの名を出した。

フレイとは、ガーネットの9班の班員の一人であり、ルスキア王国の第五王子であった、年上女性好きのチャラ男である。

私はため息交じりに「元気よ、元気」と言う。

「あいつ、私がフレジールに旅立つ日、港で泣いて縋って私の乗船を阻止しようとしたんだから。自分以外のガーネットの9班のみんながフレジールに行ってしまって、ひとりになるのが嫌だったんでしょうけど。女々しいったらありゃしないわ」

アイリも守護者も、その他国家要人たちもドン引きしてた、あの光景を今でも思い出す。

最終的には、イライラの極まったトールと、恥ずかしそうに怒っていたギルバート王子によって引き離され、連れて行かれた。

「……寂しがりやだからな、あいつ」と、ネロ。

「しかし、これからフレイさんはどうなるのでしょう。ガーネットの9班が無くなってしまうので、どこかの班に入れてもらうことになるのでしょうか」と、レピス。

「ああ、それなんだけど、フレイはガーネットの1班に入ることになったのよ。要するに、あのベアトリーチェの班よ」

「う、うわあ……」

「悲劇ですね」

だけど、ガーネットの1班は五人いませんでしたか？　とレピスが首を傾げる。

班員は、五人が定員だったから。

「うーん、それがね、ルネ・ルスキア魔法学校であんなことがあったから、退学者が続出したのよ。実家に帰る子が多かったのよね」

無理もない話だが、平和だった魔法学校が帝国の襲撃を受け、大鬼という未知なる魔物やドラゴンに蹂躙されて、絶望的な状況に追い込まれた。

恐ろしい思いをし、怪我をした子も多くいたし、亡くなった教師も多数いた。

学園島も半壊していて、学校再開の目処もなかなか立たなかった。

世界情勢が不安定でいつ開戦するかわからない、魔法学校も安全とはいえない、という状況で、大事な我が子を実家に連れ戻した親御さんは多かったと思うし、しばらく心身を休めるために学校から離れたいと思った子も多かったのだろう。

「ガーネットの1班は貴族の子息や令嬢ばかりだったから、親の意向で二人学校を辞めちゃったらしいのよ。それで人数が足りなくなって、ベアトリーチェがフレイを誘ったみたい。きっと、フレイのことをギルバート王子に頼まれていたのでしょうけど……」

私はそこまで話して、缶詰のトマトスープを飲んでしまう。

ネロはというと、その話を聞いて、どこか納得したような顔をしていた。

「しかし、それなら安心だ。フレイのようなちゃらんぽらんな奴は、あのくらい我の強い女性が引っ張った方がいいだろうし」

「確かにそうですね。いっそ、ベアトリーチェとフレイさんが婚約してしまえばいいのでは？　ベアトリーチェも元々第三王子の婚約者でしたし、意外とあの二人は合う気がします、私」

レピスが名案のような、他人事のようなことを笑顔で言う。

その隣で、ネロが「ええ……」みたいな顔をしていた。

私はというと、腕を組んで唸る。

「うーん。実はね、そういう話も出てるっちゃ出てるのよ。フレイにはたくさん縁談話があるみたいだから、ベアトリーチェとの縁談話はそのうちの一つで、まだどうなるかわからないけど」

フレイは第五王子だが、どうにも彼の縁談話は、ルスキア王国にとってとても重要に扱われている気がする。

政略結婚なのでフレイの意思はそっちのけで、だからこそフレイが焦って血迷って、私なんかに婚約を迫って王妃業を頼み込んだりするもんだから、一時期トールがめちゃくちゃ警戒していた。元々フレイをかなり警戒していたみたいだけど、一層。

だからこそ、魔術の名門貴族の令嬢ベアトリーチェ・アスタがフレイの縁談話の筆頭に上がったと聞いた時、私も意外と、彼女ならアリなのではないかと思ったのだった。

というのも、ベアトリーチェは元々、第三王子のギルバート王子の婚約者だった。

今はもうその婚約は解消されているが、ギルバート王子の母君である正妃アリシア様と縁があり、その意思を継ぐもの同士として、フレイとベアトリーチェは志を共にできるのではないか、と。

こんな時代だからこそ、強い志は必要だと思う。

私がフレジールに行く際、ベアトリーチェにも挨拶をしたけれど、その時、彼女は私の手を取り、強い目をしてこう言った。

『ルスキア王国とフレイ殿下のことは、わたくしどもにお任せください』

もしかしたら彼女の中にも、国を背負う予感や、覚悟のようなものが、ある程度あったのかもしれない。

まあ、未来のことはまだ、わからないけれど……

その時、この部屋の扉がコンコンとノックされた。

「失礼します。ネロ・パッヘルベル中尉はいらっしゃいますでしょうか」

どうやら若い軍人が、ネロを呼びに来たようだ。

そしてネロは、いつの間にか少尉から中尉に昇格している模様だ。

「そろそろ会議のお時間です」

「ああ、そうだった。マキア、話の途中で悪いが皇国との会議がある。僕は少し抜ける」

「ええ。また後で」

私がコクンと頷くと、レピスが心配そうな面持ちで、スッと立ち上がった。

「ネロさん。私も行きましょうか」

「レピス、いや……」

ネロが何か言いかけた時、若い軍人が一歩前に出て、レピスを睨みつけながら言った。

「慎め、レピス・トワイライト。お前にはまだ多くの疑いがかかっている」

「…………」

「帝国側のトワイライトを手引きし、ルネ・ルスキア魔法学校を強襲させた疑いだ。そもそもトワイライトの一族は、誰一人として信用できない。お前たちのような、身体を削り取られた醜く卑しい魔術師は、魔物と同類だ。そもそも魔物の血が混じっているらしいじゃないか、お前たちトワイライトは」

「な……っ、あなた、何を」

突然、レピスに対し差別的な発言をした軍人に向かって、私が言い返そうとしたところ、

「やめろ」

ネロが、彼らしくない低い声で言った。

「レピスを疑い責めるのなら、僕のことだって責めてもらわなければ困る。レピスがもたらした情報や魔術が、どれほど今後の戦況を左右するかわかっているのか。僕が将軍の弟

という立場だから、君は何も言わないのかもしれないが」

「め、滅相もございません、中尉。……失礼しました」

レピスに対し強い物言いをしていた軍人は、ネロに窘められ、慌てて頭を下げた。

そして、ネロとその軍人はこの部屋を出た。

私はというと、まだ納得できずにもやもやした気持ちを抱いている。

「何よあいつ。レピスに向かって、酷いこと言って」

「あの若い軍人は北側の小国出身で、帝国軍に国を侵略されフレジールに逃げてきたそうです。ルネ・ルスキアの強襲と同じように、トワイライトの一族と魔物を使っての侵略だったそうで、家族や友人の多くを失ったようです。そういう人間は教国にも多くいます」

「それって……」

「きっと、憎しみをぶつけられる相手が必要だったのでしょう」

レピスはとても落ち着いていた。先ほどのような差別的な発言は、今までも何度も言われてきたかのような慣れを感じる。だけどこれ以上、私に擁護されたくもないような……

それが私にはとても苦々しく、切なかった。

空気が重くなったので、私は再びソファに座り直し、話を切り替える。

「ねえ。ネロは魔法学校に居た頃より、何だか凄く頼もしくなったわね。あの頃もまあ、頼もしい天才だったけど。大人っぽくなったというか、男らしく逞しくなったというか」

言動や雰囲気からそう感じる。単純に、背格好が成長したというのもあるだろうけれど、さっきの物言いも堂々としていて、風格すら感じられた。

レピスは少し眉を寄せて、微笑(ほほえ)んだ。

「魔法学校にいた頃は、ネロさんの出自を知るものなど限られていましたから。ネロさんは、ただのネロさんでいればよかった。あの頃のネロさんは庶民の出自だと貴族の生徒たちに馬鹿にされることもありましたけれど……ネロさんにとっては庶民である方が、どれほどよかったか」

「…………」

「しかしここ教国では、ネロさんは帝国の王子です。かの国の所業に対し、王族としての責任があり、常に気を張っていて何事にも必死です。ここでネロさんを責める人はあまり居ませんが、ネロさんが誰よりも自身を責めているというか……きっと、もっと、強くあらねばとお考えなのでしょう。帝国に、これ以上好き勝手にされる訳にはいかない、と」

そういう意識が、ネロを大人にさせている、ということなのだろうか。

レピスはそんなネロが心配なのか。自分の問題については淡々と語っていたのに、ネロについて語るレピスは、どこか感情的な声音だと思った。

「そうよね。ネロも、レピスも、戦っているのよね」

「…………」

「私たち、きっと、それぞれの戦争をしているんだわ」

私がポツリとこぼした言葉に、レピスはハッとしたような顔をしていた。

何か思うことがあったのかもしれないが、彼女は特に何も言わなかった。

「でも、ネロとレピスが二人でいるのって不思議な感じ。さっきもほら、ネロがレピスのことを庇(かば)っていたし。ここでも仲良くやってるみたいじゃない～」

私が妙な勘繰りをしつつ、隣のレピスを肘でつつく。

しかしレピスは、いつもの通り大人びた様子で、クスッと笑う。

「仲良く、と言うと少し違うかもしれません。ネロさんは私に、負い目のようなものがあるのでしょうし……。それに私たち、お互いに監視し合っている仲なので」

「え？　監視？」

思いのほか、物騒な関係だった。

レピスをウリウリしていた私の肘が、自信なげに引っ込められる。

「ですが、やはり一年間ガーネットの9班で培った関係があるので、自然と一緒にいることが多いですね。私がネロさんの護衛をシャトマ女王陛下に命じられているというのもありますし、きっとネロさんも、私がまた勝手なことをしないか見張っているのだと思います。……この世界で一番安全な教国とはいえ、何が起こるかわかりませんから」

「……それは、そうよね。魔法学校だって安全な要塞だと言われていたのに、あんなことがあったんですもの」

「ええ。帝国側のトワイライトの一族が、敵なのです。あちらには私の兄もいる。いつかこの教国に対し、抜け道を探すことくらいやってのけるでしょう」

「……兄？」

「ええ。ソロモン・トワイライトという名前の私の兄です。帝国側のトワイライトの一族をまとめているのは、あの人でしょうから」

ソロモン・トワイライト。

どこかで名前を聞いたことがあると思うのだが、詳しい話を聞いたことは無かった。

レピスの実の兄で、トワイライトの一族きっての天才なのだとか……

「レピスは、実のお兄さんとも戦っているのね」

「ええ。ですがそれはもう、あの人がトワイライトの里で、一族の人間の多くを殺した時に覚悟したことですから。兄の行動を想定した上で、我々皇国側のトワイライトも力を尽くして策を講じねばなりません。今はまだトワイライトの一族の人間というだけで、信じてもらえないこともありますが……」

自分の一族を、敵と断言する。

トワイライトの一族は、かつて、帝国側につくか皇国側につくかで衝突し、分断されてしまったという。

ルネ・ルスキア魔法学校に奇襲を仕掛けたのは、帝国側のトワイライトの一族の者たちで、それを引っ張っているのがレピスの実の兄だという。しかし、レピスを含めた皇国側のトワイライトは、帝国側の罪を背負ってなお、皇国側に尽くしている。

それでも、色々と言ってくる人間はいるのだろう。さっき、ネロを迎えにきたフレジールの軍人のように。

「でも、大丈夫。私たちは一人ではありませんし、やるべきことをやるまでです。信じてくれる人さえいれば、頑張れます」

「レピス……」

私が何か言う前に、

「あの……マキア」

レピスが顔を上げ、私に向き直る。

「マキアは、私を信じてくれますか？」

私はジワリと目を見開いた。

だけどレピスは、それはとても大事なことだと言うように、問いかける。

「私は、トワイライトの人間です。今や、世界にとって悪者の一族の血を引いていて、その魔術を継承しています。あの若い軍人の言うように、帝国側のトワイライトと繋がっている、裏切り者かもしれません。ルネ・ルスキアの奇襲も私が手引きしたのかも。……それでも、私を信じてくれますか？」

「…………」

レピスが、そんなことを聞いてくるとは思わなかった。

私は彼女を疑ったことなど一度もない。

しかしレピスの瞳は揺れていて、切実な、救いを求めるような声だった。

膝の上にきちんと置かれたレピスの手が、僅かに震えている。

「もちろんよ。何を言っているの！」

私は隣にいたレピスを、飛びつくようにして抱きしめた。

「私はレピスを信じているわ。ずっと、一生。だってあなたは私の親友だもの！」

「…………」

信じてくれる人さえいれば、頑張れる。

さっき、彼女はそう言った。

だからこそ改めて、私にそれを確かめたかったのかもしれない。

「私は、レピスを信じている」

レピスの肩が徐々に揺れて、彼女は私の胸に顔を埋めて、縋るように私に抱きついて、声を殺して泣いていた。

レピスはどうして泣いたのだろう。

私にはまだわからない、彼女の葛藤、彼女の戦争がある。

だけどレピスのその涙を、私は決して忘れてはいけないと思った。

私もレピスと同じだ。

どれほど頑張っていても、その自分を認めてくれる、信じてくれる他人がいなければ、いずれ限界がやってくる。

ひとりぼっちでは、勝てない。

たとえ、それぞれが、それぞれの戦争をしているのだとしても。

第五話　棺の中の人

――帰還せよ。

声がする。誰かが私を呼ぶ声。

「…………誰？」


その声を聞いた途端、私はスッと目を覚ました。

教国の客室のベッドで身体(からだ)を起こし、キョロキョロと周囲を見渡す。

何時だろう。まだ真夜中だ。

誰かの声がした気がしたけれど、開けた窓からふんわりとした春の風が入り込むだけで、
そこには誰もいない。その風に乗って、微(かす)かに甘い花の蜜の香りがする。

これは、何の花の匂いだったか。

私はその匂いを、いつか、どこかで嗅いだことがある気がする。

何だか胸を締め付けられるほど、懐かしい。

――帰還せよ。


また だ。また声が聞こえる。

誰かが私を呼んで、囁く声。

「誰？　誰なの……？」

寝間着のまま、今も頭に響き続ける声に導かれるようにして、私は部屋を出る。

いてもたってもいられなかった。

どうしてか、その呼び声には応えなければならない気がしていた。

暗く、同じ景色の続く廊下を進む。その間、不思議と人に出くわすことは無かった。

やがて、私は緑色の大きな扉の前にいた。

「この扉……」

教国に着いた日に、エスカ司教に連れてこられた、大聖堂の中庭に続く扉だ。

扉に触れると、少しだけ指先がピリッと痺れた。

だけど開ける。迷うことなく。

重い扉だったけれど、それは当然のように開いた。

「…………」

ひらひらと、小さくて白い蝶々が、無数に舞っている。

　そこは、こんな夜でも明るく昼間のような陽光が射(さ)していた。

　顔を上げると、ドーム型の、キラキラした魔法水晶(ラクリマ)の天井がかかっている。真昼に来た時は、天井はなく開け放たれた中庭のようだったのに、夜にはこんな綺麗(きれい)な天井がかかるのか。まるでガラス張りの温室のようだ。

　その魔法水晶の天井は、真昼のような柔らかな陽光を放っている。

　ニセモノの陽光なのに、どうしてか陽だまりの匂いがする。先日来た時よりずっと神秘的で不思議な魔力が満ちている気がする。とてもとても、静かだ……

「わっ」

　天井を見上げながら踏み入ると、足元がくすぐったくてピョンと飛び上がった。

　そうだ。私、裸足(はだし)のまま来てしまったのだ。

　よくよく足元を見てみると、地面の草が何だか凄(すご)いスピードで生い茂り、ポンポンと弾(はじ)けるように小さな花を咲かせていた。

　さっき、風が部屋に運んだ甘い花の蜜の香りと同じ、春の匂いが立ち込めている。

　この花は何という名前の花だったか。

「こんばんは、マキア」

　名前を呼ぶ声がして、ハッと顔を上げて前を見た。

　巨大な世界樹の根元に、一人の少女が佇(たたず)んでいる。

若草色の髪と、翡翠色の瞳を持つ、少女。

今まで彼女がここにいたことに気がつかなかった。この空間に紛れてしまう色合いをしているから、というのもあるのだろう。

しかし、彼女は気配そのものがこの空間と一体化している。同じ神秘的な魔力がある。

どこかぼんやりとしていた私も、巫女様を前に目も冴えて、慌てて、

「こんばんは。緑の巫女様」

と膝を曲げて挨拶をする。私を呼んだのは、きっとこのお方だ。

私は彼女と二人きりで会うことに、少し緊張していた。しかし、

「そんな堅っ苦しい呼び方をしないで！　私にはペルセリスという名前があるのよ」

「え」

「名前で呼んでくれないと、拗ねます。これから口を聞いてあげないから」

「え、え」

腕を組んで、頬を膨らませて、プイッとそっぽを向く巫女様。

予想外な巫女様の注文に、私は慌てた。

「わかりました。わかりましたペルセリス！」

「ふふっ、そうよ。私はペルセリス。この名前とても気に入っているの。だから名前で呼んでちょうだい」

「は、はあ」

そういえば、以前アイリにも似たような流れで名前を呼ぶように言われたなあ……

「その。私をここへ呼んだのは……ペルセリスですか？」

「ええ、そうよ。マキアの方が、トールより思い出しかけている気がしたから」

「……紅の魔女の記憶、ですか？」

「うん、そう」

ペルセリスは、ごく当たり前のようにコクンと頷いた。

一方で、私は少し臆したような顔をしたと思う。

「帰還が、怖いの？」

ペルセリスは私の顔を覗き込む。その微笑みは柔らかな慈愛に満ちているが、一方で、何を考えているのかよくわからない瞳の色をしている気がする。

帰還。それは前世の記憶を思い出すこと。

今までも度々、帰還という単語を聞いた。聞かされていた。

すでに帰還を果たしている、大魔術師たちによって。

「い、いえ。ただ、私はあまり、自分が〈紅の魔女〉だった自覚がなくて。確かに何度か彼女の魔法を使いましたが、まるで、他人から力を借りているかのようで……自分の前世だと、思えなくて」

「ふふっ。そうかもしれないね。あなたにはもう立派な人格があるようだから。それって凄いことだよ。私は、物心ついた時から前世の記憶があったから、特にそう思うの」

「……他の方々は皆、幼い段階で、前世を思い出しているのですね」

「そうだね。ユリシスは世界樹の前に立って、根元に触れた時に思い出したんだって。シャトマやお兄様も、確かそう。この樹が記憶を思い出させてくれることが多いの」

そう言って、ペルセリスは私に世界樹を見るよう、促した。

逞しく、巨大な幹。

大地に強くしがみつく根。

物言わぬ世界樹が全てを教えてくださる。その感覚が、私にはまだよく分からない。

だけど目の前の巨大な樹が、想像もつかないほど偉大な力に満ちていて、私たちを遥か高みから見守っている、ということだけはよく分かる。

この樹の御前に立つと、自分がとてもちっぽけな存在に感じられるのだ。

「こっちにおいで」

ペルセリスが私の手を引く。

そして、一帯に張る根っこの周囲を、潜ったり飛び越えたりして、世界樹の反対側に向かう。

「この反対側に、何があると思う？」

ペルセリスが唐突に質問した。少し考えて、私は首を振った。

「想像もできません」

「ふふ。棺だよ」

「はい？」

「ひ　つ　ぎ」

私は最初、聞き間違ったかと思った。

棺、って……どうしよう、何だかとても怖くなってきた。

ドクン、ドクンと高鳴る胸を押さえながら、私は緑の巫女・ペルセリスによって世界樹の裏側に連れて行かれる。

「…………」

世界樹の根元の、若草に紛れるようにして、確かにそれはあった。

――棺。

立派な金の細工に縁取られた、ガラスの蓋の、長方形の棺。

確かにそのようなものが、大地に埋め込まれる形で、均等の間隔で並んでいた。

「一つ一つ、確認してみて」

「……は、はい」

臆する気持ちはあったけれど、覚悟して、手前から棺の一つ一つを覗き込む。

一つの棺に対し、一人。

若く美しい男女が静かに横たわっていた。

棺の中の人々は、とても死人とは思えない。

まるでそこで眠っているかのような肌の色をしていて、血の巡りを感じる。

バクバクと、心臓の鼓動が大きく高鳴る。この静かすぎる空間に、私の心臓の音が鳴り響いてしまっているのではないかと思うほどだった。


それは、藤色の髪を持つ聖女だった。

それは、白髪の魔法使いだった。

それは、緑の髪の巫女だった。

それは、灰色の髪の司教だった。

それは、龍の痣を持つ橙色の髪の武将だった。

それは、王冠をかぶった銀髪の青年だった。

それは、顔面に面をかぶせられた青髪の、誰かだった。

それは、黒髪の、眼帯をした男だった。

その男の棺の前で、私は足を止めてしまった。

そして、そこから一歩も動けなくなった。

どうしてという気持ちと、やはりという二つの気持ちが渦巻いている。

だってその男は、どうしようもなく似ている。トールに。

「これ……は……」

発した声が、驚くほど震えていた。

とっさに口元を押さえると、涙がすでに顔面を濡らしていることに気がつく。

「…………っ」

ボロボロ、ボロボロと。

拭っても拭っても、熱い涙が溢れてくる。

この、胸の奥を切りつけるような、辛く悲しく、切ない気持ちは何だろう。

どうして、こんな気持ちになるのだろう。

「あ……っ、あなた……誰……？」

わからない。

わかりたくない。

「いいや。お前はもう、わかっているはずだ。ここに眠るのは〝大魔術師クラス〟の遺体だということを」

聞き覚えのある男の声がして、私は振り返る。

そこにはフレジールの軍服姿の、金髪の男が佇んでいた。

私をここに導いてくれたペルセリスは、もういない。

「カノン……将軍……」

カノン・パッヘルベル。

フレジール皇国の将軍であり、私たちにとっては、死神のような男だ。

その男は隣までやってくると、私の顔を見て少し眉を顰(ひそ)めた。そして、胸ポケットから
ハンカチを取り出し、スッと差し出す。

「え？　あ……っ」

そうだった。私、ボロボロに泣いていたんだった。

今、多分凄い顔してる。

「す、すみません」

まさかこの人に、ハンカチを借りることになるなんて。

複雑ながら、素直にハンカチを受け取って、顔面を濡らす涙を拭いた。

カノン将軍は被(かぶ)っていた軍帽を取って、それを胸に当てると、私の見ていた棺(ひつぎ)を見下ろ
しながら淡々と語る。

「十人のうち九人の〈大魔術師(ロード)クラス〉は、命を終えたら〈回収者(俺)〉によって、遺骸をこ

のヴァビロフォスの根元に運ばれることになっている」

その声は低く、抑揚がなく、何の感情すら感じられない。

「創世神話の神々。その生まれ変わりの魔術師たちは、死してなおその肉体に膨大な魔力を宿している。故にこの大樹の根元で管理して、聖地を守るための魔力燃料として活用されるのだ」

「遺体を……魔力燃料に……しているのですか？」

「そうだ。肉体に残留した魔力が尽きれば、自然と棺の底に沈むようになっている」

何の感情も感じられない声なのに、ふと見上げたカノン将軍の瞳は、どこか憂いを帯びているように思えた。

カノン将軍は、そんな私の視線に気がついたのか、私を横目で見る。

その鋭い柘榴(ざくろ)色の瞳に見下ろされ、私はビクッと体を震わせてしまった。

この人は、私の一つ前の前世を殺した張本人だ。

この人と二人きりでいることに、今になって恐怖を感じ、緊張してきた。

「聖地を囲む、緑の幕を見たか？」

「え？　あ、はいっ」

裏返りがちな声で返事をする。この世界で一番悪い魔女の末裔(まつえい)が、情けない……

しかしカノン将軍は、お構い無しで話を続けた。

「あれこそ、ここに眠る〈大魔術師(ロード)クラス〉の遺体に残った魔力を使って、常時展開されている大結界だ」

「それも、世界の法則というやつなのですか？」

「そうだ。神々は世界を作り直した時、あらゆる法則でこのメイデーアを縛った。大魔術師クラスの遺体がこの棺に納められるのも、世界の法則の一つだ」

「…………」

「この世界がどのような歴史を歩もうとも、世界樹ヴァビロフォスを、時の権力者や、大魔術師の一人が独占してしまわないよう。この世の争いごとから守りきるために」

その言葉に、カノン将軍の強い意志のようなものを感じ取る。

彼は〈大魔術師(ロード)クラス〉を殺す役目を、かつて神々から託された人だった。

「マキア・オディリール」

「!?」

カノン将軍に名を呼ばれて、またビクッとしてしまった。

「目の前の棺に眠る、この男が誰だかわかるか」

「それは……」

私は改めて、その棺に視線を落とす。

片目に眼帯をしている、黒髪の男。

その眼帯には、私の持つ魔法のバスケットにも刻まれている、ドラゴンの鍵爪の紋章が描かれていた。

私は胸元でぎゅっと手を握り、絞り出すような声で言った。

「五百年前の偉大な魔術師の一人……〈黒の魔王〉……だと思います」

「その通りだ」

カノン将軍は、さらにその隣の棺に顔を向ける。

「隣を見ろ」

「……？」

それは、九番目の棺。

私が〈黒の魔王〉の棺の前で立ち止まったせいで見ていなかった棺だ。

カノン将軍に言われるがまま、黒の魔王の隣の棺に歩み寄り、覗き込む。

驚いたことに、その棺は空っぽだった。

「空……？　この棺は、なぜ空なのですか？」

「なぜ？」

カノン将軍は私に向き直り、何かを訴えるような、強い視線を向けた。

「マキア・オディリール。お前はこれらの遺体を見て、足りないと思った人物はいるか」

「え……？」

少しだけ考えてしまったが、答えはすぐにわかった。

むしろどうして、すぐに、気がつかなかったのか。


「……もしかして〈紅の魔女〉……？」


並ぶ棺の中の遺体に、その人に該当する人物はいなかった。

燃えるような赤髪で有名だった――この世界で一番悪い魔女が。

「ああ。ならばどうして、紅の魔女の肉体がここに無いと思う」

「それは……」


それは、とても有名な話だ。

魔女は世界の中心で大爆発を起こし、トネリコの救世主を巻き込んで、死んだ。


要するに、遺体が残らなかった、ということなのだろう。

寒くないのに、何だか震えが止まらなくて、私は自分の体を抱いた。

空の棺が何を意味しているのかわからない。

だけど、嫌な予感だけはするのだ。

だって、四角くくり抜かれた空の棺は、今か今かと〝私〟を待ち受けている気がする。

カノン将軍は私の戸惑いを理解していた様だが、包み隠さず話を続けた。

「紅の魔女は、その肉体を一欠片(かけら)も残さずに、自爆して死んでしまった。故に、この棺に遺体を納めることができなかった。これは俺の……〈回収者〉としてのミスだ」

カノン将軍は、私を責めるような言葉は一つも言わずに、当たり前のように自分のせいだと言った。やはりそれは、この人にとって役目であり仕事なのだ。

「あなたは、この棺に、私を納めたいの……ですか？」

カノン将軍は何か言いかけ、その口を噤(つぐ)む。

少しして、落ち着いた口調で言う。

「確かに、俺はいつかお前を殺す。ここに〈紅の魔女〉の遺体が納まらなかったことにより、緑の幕は不完全な状態に陥ってしまった。敵がこれに気がつき、緑の幕の不完全な部分を突いてきたとすれば、教国は瞬く間に陥落するだろう」

「……え……」

「しかし隠し続ける。お前を殺すのは今という訳ではない」

なら、それはいつなのだろう。いつ殺されるのだろう。

カノン将軍がごく当たり前のように淡々と語るから、私には実感がない。

いつか殺されるという、漠然とした情報しかない。

だけど、本来〈紅の魔女〉が入るべきだった空の棺を見たことで、私には自分が、いつかここに入るのではないかという、予感のような、確信のような……そんな感覚があった。

「それよりも、お前には一刻も早く〈紅の魔女〉の記憶を思い出してもらわなければならない。それがどんな記憶であれ、帰還を果たし、〈紅の魔女〉の魔法の全てを思い出してもらわなければ。メイデーアで大きな戦争が始まる前に」

紅の魔女の記憶。

紅の魔女の、魔法の全て……

「でも、でもどうすれば」

それはさっき、緑の巫女ペルセリスにも言われた言葉だった。

「世界樹に聞けばいい」

カノン将軍は、顔を上げて大樹を見上げる。

「この樹はメイデーアの全ての記憶を宿している。お前にも全てを教えてくれるだろう。知りたかったことも、思い出したくなかったことも……全て」

カノン将軍はそれだけ言うと、再び軍帽を被り直し、この場を立ち去る。

しかし去り際にふと立ち止まり、振り返って「世界樹の根に触れてみるといい」と言った。そしてまたスタスタと去る。

私がずっと戸惑っていたからか、やり方を教えてくれたのだろう。意外と親切だ。

ネロも、あの人のことを兄として慕っていた。

エスカ司教も、あの人のことを「優しすぎる」と言っていた。

殺された瞬間の恐怖を忘れることなどできないが、少なくともあの人を取り巻く人々の言葉を、少しだけ理解しつつある気がする。あの人にも大きな事情があるのだ、と。

「あ。ハンカチ」

ハンカチを返し忘れてしまった。

だけど私の涙でぐしゃぐしゃに濡れているから、ちゃんと洗って返そう。

私は今一度、並ぶ棺を順番に覗き込み、あの人にも、この人にも、ちゃんと似ているのだな……と思ったりした。

そして〈黒の魔王〉の棺の前で一度しゃがみ、改めて覗き込む。

「あなた、やっぱり〈黒の魔王〉なのね。きっと……十年後のトールってこんな感じなんでしょうね」

それをちゃんとイメージできるくらい、そっくりだもの。

「あなた、本当にトールの、前世なのね」

この人を見て、泣いてしまった理由。

きっとそれも、紅の魔女の記憶を思い出したならば、わかるはずだ。

私はゆっくりと立ち上がると、棺の向こうの大樹の根に歩み寄り、深い呼吸を繰り返す。

緑の匂いと、花の蜜の香りをいっぱいに吸い込んで、手を伸ばす。
この世界の全てを知るという世界樹の根に、そっと触れる。
ゆっくり、ゆっくり、ゆっくりと、意識が引き込まれていって……

聞こえてくる。
子どもたちの無邪気な笑い声。

遠く響く、十人の魔法使いの、嘆きの――声。

『ねえ。アネモネの花言葉を覚えている？』――紅の魔女

『俺は、きっともうお前に愛されることはないだろう』――黒の魔王

『僕はね。誰もが魔法を学べる魔法学校を作りたいと思っているのですよ』――白の賢者

『お答え下さい。こんな事がヴァビロフォスの御心だと言うのですか！』――緑の巫女

『お前はとても可哀想だ。何もかも覚えていながら、自分の全てを忘れている』――藤姫

『次に生まれ変わったら、絶対にお前を救ってやるからな』――聖灰の大司教

『私を信じてくれます……カ？』――青の道化師

『龍だ！　やはり龍はいた！　あっはははははははは』――黄龍の大将軍

『見つけた。ここが……世界の境界線……』──金の王

『私が魔物の創造主である。いいから黙って金の王を殺せええええええ！』──銀の王

『ずっと、会いたかった』──トネリコの救世主

『なぜだ……俺に全てを押し付け、お前たちだけ何もかも忘れようというのか。出来る訳がない……出来る訳がない……っ。俺は誰も殺したくないのに』──名前のない救世主

第六話　追憶（一）～マキリエ・ルシア～

それは昔々のお話。

約五五〇年前のルスキア王国北端〝塩の森〟に住んでいた若夫婦のもとに、赤髪の女の子が誕生した。

名前を、マキリエ。――マキリエ・ルシア。


いずれ〝この世界で一番悪い魔女〟と、後の世まで語り継がれる娘の本名だ。

私にそう名づけたのは、夫婦と共に暮らしていた祖母マルシア・ルシアだった。

祖母はルスキア王国で最も腕の良い〝命名の魔女〟で、このルスキア王国の赤子に運命の名を与える仕事をしていた。

母も魔女だったけど祖母ほどの力があったわけではなく、主に助手のようなことをしていた。狩人（かりゅうど）の父とたまたま塩の森で出会い、恋に落ちたのだとか。母は料理が上手で私は母の手作りのお菓子や保存食が大好きだった。

ルシアの魔女と言えば、この国で昔から命名の魔女をしてきた一族で、誰もが運命の名を貰いにこの森を訪れたという。

赤髪に明るい海色の瞳。

それは一族の魔女の特徴で、祖母も母もそうだった。

私、マキリエ自身もまた、ルシアの魔女の特徴を持ちながら、歴代でも類まれな魔力を持って生まれた娘だった。

——魔女。

当時のルスキア国王の方針で、魔女は少々煙たがられる傾向にあった。

ゆえに高名な魔女の祖母でさえ、どれほど人々に尽くした実績があっても、国に追いやられる形でこの塩の森で暮らしていたし、その娘夫婦もまた、塩の森でひっそりと暮らしていた。

それでも、私は、この頃が一番幸せだったと思う。

自分が何者であるかを知らず、ただのマキリエでいられたから。

「ねえ、おばあ様。おばあ様は赤ん坊に運命の名前を与えるのでしょう？　名前ってそんなに大切なの？」

ある冬の日。私は暖炉の前で椅子に座って編み物をしていた祖母の側に行って、ずっと気になっていたことを尋ねた。

名前にどんな力があって、意味があるのか。

「そりゃあそうさね。名前が合っていれば合っているほど、その子どもは世界に強く結び付けられる。名前はね、杭みたいなものなんだよ」

「……杭？」

「絨毯をよく見てごらん、マキリエ」

祖母は自分たちの下に敷かれた絨毯を見るよう私に言った。

その絨毯には、四つ葉のクローバーのような模様の刺繍が施されている。

それは、この時代すでに誰もが知っていた、メイデーアという世界の形だった。

祖母はその絨毯の上に、父が趣味で作った木彫りの人形を数体、杖を振るって魔法で浮かせて、配置する。

そして私に語って聞かせた。

「いいかいマキリエ。この絨毯に描かれた形が、大地だとしよう。我々の住まう世界メイデーアの大地だよ。そして木彫りの人形が人だ。だけど、人の肉体と魂というものは本来別々で、それは強く繫がっているものではない。特に魂はね、大地からとても離れやすいものなんだ」

「…………」

　幼かった私は首を捻りながら、少し考えた。

「……タルトの上の果物みたいなもの？　すぐに転がって落ちてしまうもの」

「あははは、そうだねえ。そういうことだ」

　祖母は私が好物のお菓子で喩えようとしたから、膝を叩いて大笑いした。

　そして立ち上がると、木彫りの人形の一体に魔法の杖をまっすぐ突き立てる。

「で、その離れやすい、崩れやすい肉体と魂を、真上からズドンと、この世界の大地に繋ぎ留めるのが〝名前〟だ。まるで杭のようにね。名前が合っていればより強く、深く、杭が大地に打ち付けられる」

「……合っていなかったら？」

「合っていない名前だったら、杭の刺さりが弱くガタガタしてしまって、世界の恩恵を受けることができない。要するに、メイデーアに広く根を張り巡らした、世界樹ヴァビロフォスのお恵みを受けられないのさ」

　世界樹ヴァビロフォスのお恵み……

　私は世界樹を見たことが無かったけれど、その存在は当たり前のように、メイデーア中の人々が知っていた。それはこの世界の大半の人にとって、信仰対象だった。

「世界樹のお恵みを受けられないと、とても不運だったり不幸だったり、病気になったり早死にしたりする。名前という杭が外れたら、肉体と魂が離れてしまうからね」

「へええ。だから、みんなおばあ様に、ぴったりの名前をもらいに来るのね」

「そうだよ。とはいえ、どんなに合っている名前でも、それだけが自身の運命を左右するわけではないから、病気になったり、早死にしたりすることもあるけどね。まあ、良い名前にこしたことはない、という位のものだ」

祖母は杖を机の上に置くと、再び椅子に座り、魔法で火をつけたパイプを吹かす。

「じゃあ、どうして私は、マキリエという名前なの？」

「ピンときたんだよ。この子は、マキリエだって」

「変な名前よ。昨日、お父さんと一緒に近くの街に行ったけれど、マキリエって名前で呼ばれている子は一人もいなかったわ」

「……マキリエは特別なんだよ。なにせ、お前の顔を見た瞬間、もうそうだとしか思えなかったから」

「ふーん」

変な名前だと思いつつ、実は私も、この名前を気に入っていた。

「なら、私はきっとこの世界で一番幸せな女の子になるわね。お城の王子様が、きっと私を迎えに来てくれるんだわ～、玉の輿～」

私が頬に手を当ててキラキラした目をしていると、祖母は苦笑い。

「……お前は最近、王子様に夢見ているね。王族なんて大したもんじゃないと、私は思うけどねえ」

まあ女の子にはそういう時期がある、と祖母は淡々と言った。

「私も、いつか結婚して子どもを産んだら、自分の子に一番素晴らしい名前を付けることが出来るかしら。おばあ様みたいに」

「なら、もっともっと魔法の勉強をして、腕を上げなくちゃ。お前には恵まれた才能があるんだから。そして何より、良い相手を見つけなきゃだね」

「あー。私の運命の相手は、いったいどこにいるのかしら」

「……きっと、この世界のどこかにいるよ。マキリエはいつか、この森を出て広い世界を知るだろう」

恋に恋する、幼ごころの美しい時代。

のちに私が〝この世界で一番悪い魔女〟と呼ばれるなんて、誰も知らない。

マキリエという名の私は、この森が、この家が、家族が大好きで、この頃はきっと自分も祖母と同じように、命名の魔女の仕事を継いで、何事もなく平和で平穏なまま、多くの子に名を与えるのだろうと思っていた。

この世界の他の人々と変わりなく、歳をとって死ぬまで、ずっと。

やがて十六歳になった私は、塩の森の外の世界や、家族以外の人々に関心や憧れを抱くようになっていた。

最愛の祖母が亡くなり、私に魔法を教えてくれる人がいなくなったから、この力を他の場所で試したくなったというのもあると思う。

それに、祖母は言っていた。

マキリエはいつか、この森を出て広い世界を知るだろう、と。

きっと、私の魔法を必要とする人が、この世界のどこかにいるはず。

運命の人とも、巡り合えるはず。

私は、恋をしてみたい……

未来はどこまでも晴れ渡っていると信じていた。そこに雨雲などあるはずない、と。

何の根拠もない希望と願いを抱き、新たな居場所と出会いを求めて、私は生まれ育った塩の森を出る決心をした。

両親はとても反対したけれど、私は祖母から譲り受けた魔女のローブと、とんがり帽子、幼い頃から愛用している杖を持ち、自作の箒にまたがって、悠々と空を飛んで故郷を去る。

怪我をしていた人を見つけては、魔法で癒した。

病気の人には、お手製の魔法の薬を与えた。

水不足で悩んでいる村では、魔法で雨を降らせたりした。

国境の近くで、隣国との小競り合いが発生した時には、巨大な竜巻を魔法で生み出し、隣国の兵隊を遠くまで吹き飛ばした。

どれもこれも、魔法を知らない人々からすると、奇跡の力に思えただろう。

とてもとても感謝され、私も自信をつけていた。

当時、魔法を公的に学ぶ場所などはなく、基本的には王都の偉い魔術師に弟子入りして学ぶものだったから、魔力があって魔法の才能があったとしても、それを扱う術を知らない人ばかりだったのだ。特に魔女は、先代のルスキア国王が嫌っていたのもあり、巷ではほとんど見かけなくなっていたと思う。

マキリエという魔女の噂は、瞬く間に広がって行き、やがてルスキア王宮に届いたのだった。

そうしてある日、私はルスキア王宮に招待された。

幼い頃から王子様に憧れていた私は、嬉々として王宮へ向かい、ひとしきりもてなされた後、国王の命令で王宮魔術師たちと力比べをさせられる。

「ここで力を見せつければ王宮魔術師として雇ってやる」

そう王様から言われたので、私はすこぶる張り切っていた。王宮暮らしができれば、憧れの王子様にもお近づきになれるかも、なんて思ったりして。

いざ力比べをしたところ、王宮魔術師、めっちゃ弱い。

私に、手も足も出ない。

どんな魔法をぶつけ合っても、私の魔法の威力が、遥(はる)かに圧倒して相手を吹っ飛ばす。

どんな魔法を繰り出されても、私の火魔法の前では歯が立たず、何もかもが塵(ちり)と化す。

最後は得意の〝糸の魔法〟で、みんなみんな吊(つ)るし上げた。

誰もがとても驚いていたけれど、私だって驚いた。

他の魔術師と魔法比べなんてしたことがなかったから、自分の力が異様に突出していることを、この時初めて意識したのだった。

私の魔法を目の当たりにした国王は、私の力を認めるどころか戦慄した。

そして私に指を突きつけて、こう言ったのだった。

「思っていた通りだ……っ。魔女め、お前は絶対にこの国の害になる！　いいや、この世界を破滅に導くだろう！　今ここで、お前を火炙(ひあぶ)りの刑に処す！」

ああ……おばあ様の言った通りだ。

王族なんて大したものじゃない。なんてちっぽけで、か弱い生き物かしら。

「はああ。がっかりだわ」

きっと私は火炙りにされても死なないと思う。

だけど、幼い頃から王宮や王族にキラキラした憧れを抱いていたから、それが壊れたショックの方が強くて、私はまた「はああ～」とため息をついて、箒にまたがりルスキア兵たちを撥ね飛ばしながら、魔女らしく優雅に空を飛んで逃げたのだった。


しかし、それからというもの、私の人生の雲行きが怪しい。

あの国王ときたら異常なほど私を恐れていたようで、私は国から指名手配されてしまい、悪名が国中に轟くこととなる。

かつて魔法で助けたことのある町や村の人々にも、恐れられたり、遠ざけられたりするようになってしまった。

私は外の世界に居場所が無いことを悟り、故郷の〝塩の森〟に出戻ることとなった。

その時すでに、塩の森を発って約二十年。それほどの時間が経っていても、私は十六歳の頃の見た目から、何一つ変わらない容姿をしていた。

そういえば——

私が〈紅の魔女〉と呼ばれるようになったのは、この頃からだっただろうか。

二十年経っても塩の森は変わらず、雪化粧したみたいに白い森だった。

だけど、確かに時間は経っていた。

ここで両親が、今も変わらず私を待ってくれているはず、という淡い期待を抱いていたが、二人はもう森にはいなくて、空っぽの小屋が残っていた。

どこへ行ったのだろう。魔法で髪色を変えて、いつも両親が塩を売っていた町で聞き込みをしてみて分かったけれど、両親はすでに他界していた。

父は流行り病で、あっけなく亡くなったらしい。

母は街で貴族の馬車に轢かれて、酷い状態で死んでしまったのだとか。

それを知って、私は、何もかもを後悔した。

私が側にいたら、父も母も救えたかもしれないのに、と。

憧れた外の世界では、私にとって辛く厳しい現実が待ち受けていて、そこには思い描いていたような楽しい日々も、居場所も、優しい理解者もいなかった。

私が人と違う〝何か〟なのだというのを、思い知っただけ。

どれだけ尽くしても、他人はコロッと態度を変えて冷たくなるのだと、知っただけ。

優しい理解者は、本当はずっと塩の森の中にいたはずなのに、彼らが「出るな」と言ったのを無視して外に飛び出した。

そして、限りある家族との時間を犠牲にし、結局私は……

「そっか。私、嫌われ者の、ひとりぼっちになってしまったんだわ」

それを思い知った時にはもう遅い。

家族の愛を知っているからこそ、この先の長い長い人生の孤独に、私は呪われてしまうのだった。

第七話　追憶（二）～黒の魔王の居城～

塩の森には、恐ろしい〈紅の魔女〉が住んでいるんだよ。
真っ赤な髪をしている魔女だから、紅の魔女。
紅の魔女は歳をとらない。
美女をカエルに変えてしまって若返り薬の材料にしているんだって。
美女の肌に針を突き刺し、流れた血を啜る(すす)って聞いた事があるわ。
いえいえ。嫉妬に狂った紅の魔女は、美女を火炙りにして殺してしまうの。
ああ怖い。塩の森の紅の魔女。
でも、紅の魔女に名前をつけられた者は、一生幸運でいられる……らしい。

◯

「ふーん。何で〈紅の魔女〉の悪い噂って、若さに執着して、美女に嫉妬する系が多いのかしら。そこのところは勝手にどうにでもなるっていうか、十分間に合ってるんですけど？　ていうか、火炙りにかけられそうになったのは、こっちですけど？」

私は、ちょうど、紅の魔女についての噂を集めた新聞記事を読んでいた。

小屋の竈で焼いた塩リンゴのアップルパイを齧りながら、ブツブツと文句をたれている。

塩リンゴは最近、この森で採取できるようになった奇妙な果実だ。なぜか私がこの森に戻ってきてから、急に森のあちこちで実るようになった。

奇妙だが、この塩リンゴ、食べると魔力の回復が早い。

先日、紅の魔女の懸賞金に目が眩んだ賞金稼ぎどもに、塩の森に火を放たれそうになって、それを阻止しようとして結構魔力を使っちゃった。

だから魔力の回復のため、この塩リンゴをたっぷり食べているところだ。紅の魔女の噂を集めた新聞記事は、そいつらから拝借したもの。

ちなみにその賞金稼ぎどもには、たっぷり怖い思いをさせて身ぐるみを剥がした後、サクッと逃がしてやった。

さて。私が王宮の命により賞金首になってから、二年くらい経っただろうか。

ルスキアの国王は、まだ私を火炙りにかけることを諦めていないらしい。肝っ玉が小さく、しつこい男だ。この国王に多額の懸賞金をかけられたせいで、紅の魔女の恐ろしい噂が、あることないこと尾ひれをつけて広がっている。

まあでも、紅の魔女は歳をとらない、というのは本当の話だ。

私は四十路であったが、相変わらず十六歳の頃の若々しい見た目をキープしていた。

毎日鏡を見てもその若々しさや美しさが衰えることもなく、むしろ塩リンゴを食べていると、ますます若返っているような……??


そんなこんなで、私は相変わらず、塩の森に引きこもっていた。

母の味を思い出しながら保存食やお菓子を作ったり、父の使っていた納屋を片付けて魔法の研究室にしたり、塩リンゴのパイやケーキを焼いて一人でのんびりティータイムを楽しんだり、それらの日々やお料理のレシピ、魔法の使い方を〝日記〟に綴ったりして、自由気ままなスローライフを堪能していた。

やってくるのは、先日のような賞金稼ぎくらいのもの。

この手の連中は、退屈な日々の暇つぶしにちょうど良く、むしろ「ようこそ」と両手を広げて歓迎してあげている。魔法の練習や、外の世界の情報を得る機会にもなるしね。

また、一度だけ、王宮が兵を挙げ、私を本気で討伐しに来たことがあったけれど……

そいつらを得意の〝糸の魔法〟で吊るし上げ、得意の〝石化の魔法〟で森の入り口のオブジェにしてやったので、後続の兵は尻尾を巻いて退散した。そして〈紅の魔女〉はますます恐怖の象徴となり、塩の森には誰も近寄らなくなった。

そう。

私は自分の力の限界を知るべく、魔法の研究を始めていたのだ。

どうやら私の魔法は、私の体の一部を使って発動することが多いようだから。

例えば、髪。

例えば、涙。

例えば、爪。

例えば、唾液。

例えば、血液。

血をくっつけた物が爆発物になったり、長い髪が糸になったり、涙で石化したり……

様々なパターンを研究し、私はいつしか独自の魔法を編み出していた。

でも、私を退治しに森へとやってくる人々は、世間一般的には屈強な戦士なのだろうが、私の魔法を前にしては赤子も同然。私の魔法の強さを検証できるほどではない。

やはり魔法は、同じくらいの力を持つ魔術師同士でぶつけ合わなければ、その力の限界を知ることなどできないのかもしれない……

そんな風に、この頃の私は思い始めていた。

そんな、ある日のこと。

「……あら珍しい。塩の森にドワーフハムスターなんて」

森で塩リンゴを収穫していた私は、珍しい旅人と出会った。

手のひらサイズで、コロンとしていて尻尾の短い、可愛い可愛い二匹のドワーフハムスターだ。旅をする中で見たことがあったので存在は知っている。だけどドワーフハムスターは塩の森にはいないはず……

「お前たち、どうしたの？ ここにドワーフハムスターなんていないはずよ」

私は物心ついた頃から、動物の心の声を聞くことができる。

なので彼らの心の声を聞いたところ、白と黄色の二匹のドワーフハムスターは、なんと遠い北方の国から、渡り鳥の背に乗ってここまでやってきたらしい。

「まあ、なんて勇敢なハムスターかしら。ちっこいのによくやるわね」

若い頃に箒にまたがってあちこち行ったとはいえ、実のところ、私はルスキア王国を出たことがない。

なので、二匹のハムスターにかぼちゃの種を与える代わりに、異国の話を聞くことにしたのだった。

二匹のドワーフハムスターが言うことには、北の国には、人間を襲う〝魔物〟と呼ばれる恐ろしい存在がいるらしい。

そして、魔物たちを束ねる、最強の魔術師もいるのだとか。

「……黒の魔王？」

初めて聞いた名前に、私は首を傾げた。

魔王なんていうものは、メイデーアでも童話の中に出てくるような、悪役の存在で……

二匹のドワーフハムスター曰く〈黒の魔王〉の力は絶大で、雪山に魔物の国を作って、北の国々の人間たちを怯えさせているのだとか。

「ふーん。黒の魔王、ね……」

相当な魔術師らしいけれど、私と比べ、どのようなものかしら。

もしかしたら、私以上に強い力を持っているのかしら。

恐ろしい人らしいけど、お互いに、この破格の力や、それ故の悩みを理解しあえる友人にはなれないかしら……

私は〈黒の魔王〉と呼ばれている人物に、強い興味を抱いていた。ここ最近、他人に興味を抱くなんてことは無かったので、その感情に自分でもびっくりしている。

だがしかし、一度興味を抱いてしまったならば、もういてもたってもいられない。

私はさっそく塩リンゴのパイを焼いて、それを土産に、北に住む〈黒の魔王〉に会いに行ってみることにした。

箒に跨り、空を飛んで山々を越えて——北方の国に赴くため、私はこの世界の中心にあるという巨大な湖を越えようとしていた。

「ふーん。あれが〝星の大湖〟ってやつ？　初めて見たわー」

この湖の向こう側が、いわゆるメイデーアの北方に当たる。話には聞いていたけれど、星の大湖には濃い霧が降りていて、その全貌を拝むことはできない。

メイデーアの人間たちは、古い時代よりこの大湖には近寄るなと言われている。というのも、この大湖では、様々な怪奇現象に見舞われるようで……

「確かに、何だか凄く嫌な感じがする……って、わっ、わわっ」

大湖に接近したところ、魔力が乱れて墜落しそうになってしまった。なので湖の上を横切るのはやめて、迂回して北方へと行くことにした。

——そこに近寄ってはいけない。

全身の血がそう言っているような、嫌な感じがしたのだった。

さて。私は北の大地を舐めていたようだ。

温暖な南側と違い、灰色の雪雲に覆われていて、そこは猛烈に寒い。

私は一応【火】の申し子であり、他の人間より体温が高く寒さに強い方だが、それでも体の芯から凍てつくような寒さだった。

「ああっ、寒い寒い。よくこんなところに住んでいられるわね……っ」

薄手のマントだけではとても耐えられそうになく、ガチガチに震えてしまっていたので、私は魔法で体の周囲の空気に温かみを持たせた。

あの二匹のドワーフハムスター曰く、北西の大連峰のどこかに、黒の魔王が建国したという〝魔物の国〟はあるらしい。箒を飛ばして大連峰を片っ端から調査したところ、その国を守る結界はすぐに見つかった。

雪の上に降り立ち、こちらとあちらを隔てる結界の役目を果たす魔法壁の前に立つ。

魔法壁は私も張ることができるけれど、せいぜい自分を守るためだけの範囲にしか張ることがない。これだけ範囲が広いと、魔法壁は結界などと呼ばれるようになる。

こんなに精巧で複雑で、山全体を覆うような広範囲の結界はお目にかかったことがなく、さらには内側と外側で、かなり複雑な仕掛けが施されているようで……

一介の魔術師一人が展開するには、まず不可能な高等魔術だ。

「なるほど。これが〈黒の魔王〉の魔法ってわけ」

目の前にあるのは一面の銀野原で、そこには何も無いように思えるが……

私はクスッと笑い、髪の毛を一本抜いて、愛用の杖に巻く。

指を噛み、魔法の杖に鮮血が伝う中、呪文を唱える。

「マキ・リエ・ルシ・ア——紅蓮の理、血の人形、廻せ廻せ、赤き糸車」

すると杖に巻いていた髪が、真っ赤な針のような硬質な糸に変化。

その糸が、まるで生き物のようにしなって、結界の表面を貫いた。そこに人一人入れるような丸い穴を開けたのだ。

ほら。

結界の丸い穴のその向こうに、今まで見ていた景色とは、全く違う景色が広がっている。

モミの樹の林があって、その向こうの山の頂に、居城のようなものが見えるのだ。

「ここが黒の魔王の……魔物の国、か」

私は、噂の〈黒の魔王〉に会いに、その国へと侵入した。

箒を隠し、歩いてモミの樹の林道を抜けると、一面が銀野原の、開けた場所に出る。

どうやらこの先は断崖になっているらしく、渓谷を隔てた向こうに、ずっと見えていた居城が佇んでいる。

それは、黒槍のような細長い塔をいくつも連ねた立派な城だ。

「あ……」

そして、その居城を一望できる断崖の際に、一人の男が佇んでいた。

ドラゴンの精霊と、牡鹿の精霊を従えた、黒衣の男だ。

すぐにわかった。纏う雰囲気が、魔力が、一般人のそれとは違う。


「あなたが、黒の魔王……？」


男は私の気配に気がついたのか、すぐに振り返った。

その表情は酷く険しい。片目に眼帯をしていて、もう片方のスミレ色の瞳が、氷のように冷たく細められている。

私はというと、頬を赤らめ、目を大きく見開いていたと思う。私が何者なのか、確かめようとしている視線だ。

だって、黒の魔王は、噂以上の美男子だったから。

胸がバクバクして緊張が高まっている。こんなに緊張するのは、本当に久しぶりだった。

「お前は、誰だ」

「わ、私は……えっと……」

私は年甲斐もなく口ごもったり、顔まわりの髪を慌てて耳にかけ直したりしていた。

バスケットを握る手が震えている。

その男は、見た目こそ二十代後半程度に見えるけれど、私と同じく歳を取らない魔王だと聞いた。すでに五十年はこの姿を保っているのだとか。

長身で、想像以上に整った顔立ちをしていて、彼の顔を直視することができない。

伏し目がちに、私は名乗った。

「わ、私はルスキア王国の塩の森に住む、命名の魔女マキリエ・ルシアと申します」

「……命名の魔女、か。確か、運命の名前を与えることのできる魔女が、南の国にいるという噂は聞いたことがある」

「えっ」

それを聞いて、私はパッと顔をあげた。

この人が、私のことを知っていたことが嬉しくなったのだ。

友好の証に、私は塩リンゴのアップルパイの入ったバスケットを、黒の魔王に差し出した。

「こ、これ。塩の森のリンゴで作った、焼き菓子です。どうぞ」

「…………」

黒の魔王は黙ったまま、私の差し出したバスケットを受け取る。

「あの。もしよろしければ、お名前を教えていただけないでしょうか。あなたのお名前から、運命を占うこともできます。私」

しかし黒の魔王は、とてつもなく嫌そうな顔をして、私を睨んだ。

「俺の名前を知って何をする気だ。どうせ、呪いでもかけるのだろう」

「の、呪い⁉　そんな、とんでもない……っ」

思いがけないことを言われて、私は首を振った。

しかし黒の魔王はニヤリと口角を上げ、私を見下ろした。

「知っているぞ、その赤髪……お前、〈紅の魔女〉と呼ばれている女だろう。相当な悪女なんだってな」

「……え」

私はジワリと、目を見開いた。

「罪のない若い娘たちを攫って何人も殺し、魔法の素材や呪術の生贄にしているとか。国王を魔法で脅して、国の財宝を奪おうとしたこともあったとか。お前を殺せば、かの国から相当な懸賞金が出るそうじゃないか」

「そ、それは……」

そんなものは、全て、紅の魔女という存在が一人歩きした噂話だ。

懸賞金をかけられているのは本当のことだけれど、それは国王が私をやたらと敵視し、酷く恐れているからで……

しかし、目の前にいる黒の魔王は、この噂話を信じて私に警戒心を抱いている。

私は自分の噂の全てが、今更、とても恥ずかしくなっていたのだった。

「それとも、何だ。この国を乗っ取りに来たのか？」

「…………」

私はなぜ、ここへ来たんだっけ。

なぜ、この人に会いたいと思ったんだっけ。

「ふん。図星を指されてだんまりか。これにもどうせ、毒を盛っているだろう」

黒の魔王はそう言って、先ほど私が差し出した、塩リンゴのパイ入りのバスケットを、すぐそこの谷底に落とした。

「……あ……」

ああ、そうか。

私、この人にも嫌われている。

声音、視線、表情や態度から、嫌悪感が伝わってくる。

まるでそれは、国王と共に私を悪者扱いした、あの国の人々のよう。

「名前による運命なんてまっぴらだ。知っているとも。俺は……多分名前に愛されていない。名前との相性が良かったなら、今こんな所で、こんな事はしていない」

「…………」

「だが、俺はお前にも、お前の力にも興味はない。名を教えるつもりはない」

流石（さすが）の私も理解する。

私ばかりが彼に興味津々で、勝手に黒の魔王を知りたいと思っていたこと。

きっと彼も、同じ様な力を持つ自分に興味を示してくれるのではないかと、無謀な夢を見ていたこと。

「何の目的でここへ来たのかは知らないが、この国は俺の許した人間以外、進入禁止だ。本来なら外部に情報を漏らさないよう、処刑するのが決まりだが、今回だけは見逃してやる。さっさとここから出ていけ。そしてもう二度と来るな」

「…………」

「さもなくば、国を脅かそうとする侵入者として、お前をここで排除する」

黒の魔王は本気だった。

その目が、魔力と殺意を滲(にじ)ませている。

「トルク・メル・メ・ギス——開け、黒の箱(ブラック・ボックス)」

黒の魔王が呪文を唱えると、彼の周囲に花咲くように、黒く四角い箱のようなものがいくつか出現し、空中に留(とど)まったまま、開いたり閉じたり、不規則な動きをしていた。

とても恐ろしい魔法の気配があり、ドッと、全身が重たくなった感覚がある。私の肉体に圧力をかけるような、重苦しい魔力を感じるのだ。

これが、黒の魔王の魔法なのだろうか。彼の周囲の景色が歪んでいる。

私は彼と戦うつもりでここへ来た訳ではないのに……っ。

ウッと涙が込み上げて、それが零れてしまいそうになるのを我慢して、一言だけ謝った。

「ご……っ、ごめんなさい」

そして三角帽子のつばを摘んで顔を隠し、私は黒の魔王に背を向けて、雪道を走って逃げる。

ここに来る前までの、ドキドキに胸を膨らませた期待感が、もはや虚しい。

勝手に何かを期待していた、馬鹿な自分が恥ずかしかった。


確かによくよく考えれば、黒の魔王にとって私なんて、ただの不法侵入者だ。

「ウッ、ウッ。でも酷いじゃない。塩リンゴのアップルパイ、谷底に捨てるなんて。毒なんて入ってないのに。ただお話ししてみたかっただけなのに」

紅の魔女の噂を信じて、言いたい放題で……

悪名高い魔女だからって、傷つかない訳ではない。

むしろ私は、どうして自分がこんなにも悪く思われてしまうのか、嫌われてしまうのかわからなかった。

ポロポロと涙を零しながら、雪山を下りる。私の涙が熱いからか、涙の溢(あふ)れた場所から雪が溶けて、そこに塩の石の結晶ができる。

いつも、何度だって思い知る。

誰かに自分を受け入れてもらいたいと、期待ばかりを抱いてしまうから、こんな風に傷つくのだ。

私のような悪名高い魔女は、あの森で、ひっそりこっそり生きていればいい。

寂しいなんて思うな。どうせ誰にも受け入れてもらえないのだから。

そんな風に自分に言い聞かせ、足早に山を下っていた。

雪国の寒さのせいか、身も心も冷え切っていて、足元が覚束(おぼつか)ない。体を熱で包む魔法を使っているのに……寒くてたまらない……

「……？」

途中、妙な叫び声を聞き、ふと顔を上げた。

林を抜けた所の雪原の方を見ると、この国の子どもたちが慌てた様子で走っている。

子どもたちは皆、角があったり、獣の目や耳を持っていたり、不思議な模様の皮膚を持っていたりと、異形の姿をしている。

「あれが魔物なのよね。南方にはいないから、初めて見たわ……」

魔物——

それは、高い魔力を持った、人とは違う姿形をした生命体のことだ。

北方の国々では、人間と魔物の争いが激化していると聞いたことがある。

元々は人間たちが魔物に命を脅かされていたのだが、ここ百年は状況が逆転しており、人間が魔物を襲い、住処(すみか)を奪っているのだとか。だから、行き場のない魔物たちを集めて、黒の魔王がこの国を作ったのだ。

どうやら魔物の子どもたちは何者からか逃げているよう。

よくよく観察していると、魔物の子どもたちを追いかけているのは、北方諸国で一番大きな国・エルメデス帝国の甲冑(かっちゅう)をまとった人間の兵士たちだった。

なぜ、結界で守られたこの魔物の国に、帝国の人間兵が？

「あ、そっか。私が結界に穴を開けてしまったんだった！」

思わずポンと手を叩(たた)く。開けて入った後、閉じる事をしなかったから、そこから人間たちが入って来たのだ。

や、やらかしちゃった。

黒の魔王が、侵入者を毛嫌いするはずだ！

すでに魔物の子どもたちは、侵入した人間兵たちに追い詰められつつあった。たとえ子どもであっても、人間たちは魔物を討ち取ろうとするだろう。

私は急いで、魔物の子どもたちの逃げる方向へと向かう。

ちょうど人間が魔物の子どもたちに矢を放ったところで、私は魔物の子どもたちの前に立ち、その矢を全て魔法の炎で燃やし尽くした。

ニヤリと笑みを浮かべ、涙を流しながら——

「えっ⁉」

魔物の子どもたちは、見知らぬ赤髪の女が突然現れたことに、とても驚いていた。

更には自分たちの身を守り、なぜだかボロボロ泣いていることに、戸惑っていた。

「大丈夫よ。あなたたちを絶対に助けてあげる。いい子だからそのまま動かないで」

私はポツリと囁(ささや)いた。

そして、被(かぶ)っていた帽子のつばを摘んで持ち上げ、涙と、涙で煌(きら)めく海色の瞳を堂々と晒(さら)して、呪文を唱える。

「マキ・リエ・ルシ・ア——塩の冠、砕く夜。誰も涙を、見てはならぬ」

私の涙の染み込んだ雪は、私の魔法の命令を受けてピキピキと音を立てながら、白く白く結晶化していく。氷ではなく塩の石だ。

異変に気がついた人間の兵士たちは、慌てて逃げようとしていたが、波紋のように広がる石化の魔法に飲み込まれ、人の姿を残したまま、塩の石となり果ててしまった。

人間たちの悲鳴も、石になってしまえば聞こえない。

私の後ろからこの様子を見ていた魔物の子どもたちも、驚いて、声も出ないようだった。

「……ふう」

私にとっては人間も魔物も、他人であれば大差ない存在だった。

だけどこの国は、魔物の国。

自分のせいでこの国の秩序を乱したのなら、元通りにするべきだ。

「……っ」

ズキンと脳に響くような、強い目元の痛みに、私は思わず顔面を手で押さえた。

今度は足元の塩の石の上に、ポタポタと血の涙が落ちる。

「!? !?」

魔物の子どもたちは私のこの様子を見て、酷く心配そうにしていた。

「大丈夫、大丈夫だから。これは魔法の反動で、大したことないから」

私は繰り返し「大丈夫だから」と言った。いい子たちだわ。

この、私の涙を素材にした石化の魔法は、最近編み出した魔法で、まだ上手く使い熟せてはいなかった。

なので、使うとその反動で血の涙を流してしまう。

この国に来るまで、ずっと箒に乗って空を飛んでいたので、魔力を消耗していたというのもあるかも……

しばらく目元が痛いのと、視界が赤く染まって不便である以外、特に身体への影響はない。治癒魔法だって心得ている。だから大丈夫。

私もさっさとこの国を出なければ、今度は私が、黒の魔王に処分されてしまうわ。

私は顔を押さえながら、静かになった雪原を、よろよろと下っていく。

「おいお前たち！　何をしている！」

騒ぎを聞きつけたのか、ドラゴンに乗った黒の魔王が、この近くに降り立った。

黒の魔王は魔物の子どもたちに事情を聞いて、人間の兵士から子どもたちを守ったのが、私だったことを知ったようだ。

だけど私は、顔を隠しながら、そそくさと雪山を下りていく。

「お、おい。待て！　紅の魔女！」

黒の魔王が、慌てて私を追いかける。

そして、逃げるように雪の山を下りる私の肩を引く。

私は顔を手のひらで隠しながら、

「ご、ごめんなさい。私が考え無しに結界の一部を壊したから、人間の兵士たちが入り込んでしまったの。でも、私があいつらを石にしたから」

「そんな事、今はいい。お前、目が……っ」

「…………」

黒の魔王は、私が顔を隠したままでいるので、

「とりあえず、俺の城に来い。十分な手当てを受けさせよう」

そう言って私の腕を引く。その反動で、私の目元から零れ落ちた血が彼の手に触れてしまったので、私はハッとして、

「やめて！」

思い切り、彼の手を振り払った。

私の血は、髪や涙とは比べ物にならないほど、極めて危険なのだった。

「私に触らないで」

「…………」

「何を心配しているのかさっぱりだわ。私には興味ないって言ったくせに」

私はあえて、ツンケンした態度でそう言い放ち、三角帽子のつばを摘んで深くかぶる。

自分の血が、これ以上この国に残ってはいけない。

それに、今の顔は、とてもじゃないけれど見せられない。

遠くで魔物の子どもたちが、黒の魔王を呼んでいる。

「あなたこの国の王様なんでしょう？　だったら早く行ってあげなさい。あの子たち、人間の兵士に襲われて、とても怖い目にあったから」

「……紅の魔女」

「大丈夫よ。もう二度と、ここへ来たりしないわ」

そして早足で雪山を下っていく。白い雪の上に、ポタポタと真っ赤な血の痕を残して。

黒の魔王はそれ以上、私を追ってはこなかった。

声をかけてくる事もなかった。

少し遠くで振り返ると、魔物の子どもたち以外にも、多くの大人の魔物たちが集まって、黒の魔王を囲んでいる。きっとこの国の住人たちだ。

「…………」

この国に来て、一つだけ分かった事がある。

黒の魔王は、私と違って、決してひとりぼっちではない。

彼には国があり、守るべき大切な存在があり、立場がある。

多くの者を従えて、多くの者に慕われている。

私は今まで、人に無い強い力を持っているが故に、孤独なのだと思っていた。

だけどそうではない。

私は、他人に受け入れてもらうことを遥か昔に諦めていて、噂を否定することもせず、ただあの森に引きこもっていた。黒の魔王のように、自分の魔法の力を最大限生かして、居場所を作る努力なんてしてこなかった。

それなのに、今更、誰かに受け入れてもらいたいなんて、虫が良すぎる。
同じ力を持っているのに、私は今まで、何をしてきたのだろうか。

いや。私は多分、まだ何も成してない。
何も残してはいない。

第八話　追憶（三）～トルク・トワイライト～

それからの私は、しばらくぼんやりとした日々を過ごしていた。

黒の魔王に会ってからというもの、何をしていても寂しく、虚しい。

何だか心にぽっかりと穴が開いたよう。

私は老いることのない魔女だ。このまま塩の森に引きこもり、ただただ暇と力を持て余し、永遠の時間を過ごすのだろうか。

黒の魔王のように、何かしなければならないのではないだろうか。

私はこの魔法で、何ができるのだろう。

そういうことを考えれば考えるほど、私はこんな力、欲しくなかったと思ってしまう。

こんな力は要らないから、普通の女の子のように恋をして、結婚して、家庭を築いて、子どもや孫たちに最良の名前をつけて、年齢を重ねて……多くの家族に見守られながら死にたかった。

少なくとも、おばあ様のような魔女でありたかった。

「いつか、ドンタナテスとポポロアクタスも……私を置いていくのでしょう……？」

目の前に、二匹のドワーフハムスターがいる。

彼らは割ってあげたクルミを、嬉しそうに齧って頬袋に溜め込んでいた。その様子をぼんやりと見つめて、柔らかい毛並みを撫でたりつついたりする。

黄色い方がドンタナテス。

白い方がポポロアクタス。

渡り鳥の背に乗ってこの森にやってきた二匹のドワーフハムスターは、結局ここに住み着いて、私によく懐き、いつも一緒に居てくれる。

だけど、儚い命の小動物だ。この子たちが、もう何年か後に死んでしまうことを考えたら、私は涙がポロポロ溢れた。

二匹のドワーフハムスターは、キュッキュッと鳴きながら、私の指を甘噛みして慰めてくれる。ずっと一緒だと言ってくれているようだ。

ああ、甘いアップルパイの焼ける、いい匂いが漂ってきた。

メソメソ、鬱々としていたけれど、気晴らしに甘いものを食べ、お茶でもしよう。

「……ん？」

何だか遠くから、ゴウゴウと妙な音がしてくる。

と思ったら、このすぐ側でズシンと何かが着陸したような、強い衝撃に見舞われた。

小屋全体が強く揺れて、天井から埃が落ちてくる。

私は「え？　え？」とか言いながら、焼きたてのアップルパイと、二匹のハムスターに覆いかぶさっていた。

何かが近くに落下した？

まさか、紅の魔女討伐隊の投擲⁉

返り討ちにしてくれる……っ！　とか思って杖を鷲掴みにして小屋を飛び出す。

しかし目の前には、予想外に大きな精霊のドラゴンが。

「え……」

更には、そのドラゴンに跨った黒髪の男が一人いて、小屋から出てきた私を真顔でジッと見下ろしていた。

私はすぐに、その男が何者なのかわかった。

「黒の……魔王……」

「久しいな、紅の魔女。元気そうじゃないか」

黒の魔王は私と目が合うと、不敵な笑みを浮かべた。

一方で、私はサーと青ざめる。

これは、私が黒の魔王の魔物の国を訪ねてから、ひと月もたたないうちの出来事だった。

まさかここに、不意打ちのような形で、この男がやってくるとは思っていなかった。

ち、ちょっと待った。ちょっと待った。

何が目的？

やっぱりあの国の場所を知る者として、口封じに来たとか!?

何より今の私は、大層地味な普段着で、髪もちょっとボサッとしている。

おめかしもお化粧もしていない状態での再会だなんて、酷すぎる！

「な、なな、なんで、あなた……」

私は慌ててしまって、杖を持ったまま髪を撫で付けたり前掛けを叩いたりして、挙動不審な動きをしていたと思う。

その一方で、黒の魔王は冷静かつ冷淡に、こう言った。

「紅の魔女。お前に会いに来た。先日の礼を……言ってなかったからな」


私は混乱したまま、黒の魔王を小屋に招いた。

黒の魔王は重苦しいローブを脱いで、シャツにベストを着たラフな格好になる。

南方にあるルスキア王国は、雪国出身の彼からするとかなり暑いらしい。塩の森はこの国でもひんやり涼しい方なのだが……

客人なんてここ最近滅多に来なかったから、おもてなしってどうすればいいのか忘れている。何をするにも手が震えて、緊張してしまう。

とりあえず小屋にある一番いいお茶を出し、焼きたてのアップルパイを切る。

黒の魔王は出されたお茶を一口すすって、ジッと私の方を見た。

「そういう格好をしていると……本当にただの娘のようだな」

「な……っ、まさか、あなたがここへ来るなんて思ってなかったのよ！」

馬鹿にされたと思った私は、顔を真っ赤にして涙目で反論。

確かに今の私は、真っ赤なローブは着ていないし、魔女らしい三角帽子は被(かぶ)っていない。

薄布のワンピース姿に、白い前掛けをつけていて、そこらにいる町娘と同じような格好をしている。だって動きやすいから。

「別に、バカにした訳ではない。名高い〈紅の魔女〉とは言っても、素朴な一面もあるのだなと思っただけだ」

私の赤い顔を見て、黒の魔王はクスクス笑った。

この男、異国の地の魔女の家だというのに、余裕ぶっこいてやがる……

何だか私ばかりが恥ずかしい思いをしているようで、癪(しゃく)だ。

「外まで甘い匂いがしていると思っていたが、これか」

黒の魔王がジッと、目の前におかれたアップルパイを見ている。

それで私は、先日のアップルパイの顚末(てんまつ)を思い出す。

「あ。でもあなた、アップルパイ嫌いだっけ？　谷底に投げ落としたくらいだし」

「……別に嫌いな訳じゃない」

少々気まずい表情になる黒の魔王。

ああ、あの時のこと、少しは気にしているんだ。

「この手の焼き菓子に、よく毒を盛られたりしていたからな。警戒しただけだ」

「毒を盛られたの？　あなたいったい、どんな人生歩んできたのよ……」

「………………」

黒の魔王は、そこについては黙ったまま、塩リンゴのアップルパイを手で持って一口齧る。

「……驚いた。実に美味い」

その時の彼の驚きの表情は、どこかあどけなく感じられた。

魔物の国で感じたような、張り詰めた緊張感もない。

「こんなに食い物を美味いと思ったのは久々だ」

「お、大げさだわ。それはきっと、塩リンゴのせいよ」

「塩リンゴ？」

「この森に実る不思議な果実なの。これを食べると体内の魔力が早く回復するのよ。私も毎日食べているわ」

「ほう。その様な稀有な果実がこの国にはあるのか。どうりで魔力が潤い、気分が晴れやかになったはずだ。それにしても美味い」

「よかった〜、私だけが美味しいと思っているのかと……」

そこでハッとする。

何を平然と、塩リンゴの美味しさについて語っているのか。

私はゴホンと咳払いした後、腕を組んで、魔女の威厳を保つようなツンツンした口調で言う。

「で？　今更私に何の用かしら」

「…………」

「まさか黒の魔王様が直々に、こんな辺鄙な場所まで来るとは思ってなかったわ。やっぱり私のこと、口止めするために殺しに来たのぉ？」

そんなに簡単にやられないけど。

あなたなんて返り討ちだけど。

と、強気な言葉を連ねようとしたけれど、黒の魔王は真面目な表情のまま「いいや」と首を振る。

「ただ非礼を詫び、お前に礼を言いたいと思ってな」

「え……？」

その意外な言葉にきょとんとしてしまい、私の強気な言葉も全部引っ込んだ。

「あなたが私に？　どうして？」

「お前は、我が国の子どもらを助けてくれただろう。あの後、状況を詳しく聞いたのだ。お前が、絶対に助けてやると言ったとも……」

「………………」

「それなのに俺は、お前に無礼な発言をし、追い返そうとした。手負いのお前に何の礼もできなかった」

黒の魔王は立ち上がる。

そして彼は、真横の空に、人差し指で円を描く。

驚いたことに、空中に丸く切り取られたような空間の穴ができて、黒の魔王はそこに手を入れ、何かを取り出したのだった。

まるで、棚から物を取り出すかのように。

「すまなかった。せめてもの礼だ。これを受け取ってくれ」

黒の魔王は、取り出したそれを、私に差し出した。

「……これ、バスケット？」

何だか意外なものを手渡され、私は呆気に取られていた。

「ああ。中に空間を広げる魔法をかけてある。どのような大きさのものであっても、そのバスケットに入れて持ち運びできるぞ」

「えっ、本当!? 凄い！」

　私が目をキラキラと輝かせて、蓋を開けようとした時、その蓋の鍵穴の金具のところに不思議な模様が彫られていることに気がついた。

「これ……」

「ああ。それは竜の鍵爪の紋章だ。我が国の紋章でもある。俺は人にモノを贈る時、必ずそれを刻むようにしている。仕掛けた魔法の、効力を保つ役目もあるからな」

「へえ、ふーん。凄いわねえ。なるほどねえ。この紋章はあなたの名前代わりなのね」

と、冷静なようで、ワクワクを隠しきれていないような返事をする。

　このバスケットは、黒の魔王が私のバスケットを谷底に落としたお詫びとして、用意したものなのだろう。

　私は内心、とても舞い上がっていた。

　他人から贈り物をいただくなんて久々だ。

　私がバスケットを裏返したり、手を突っ込んだりして遊んでいると、黒の魔王が目を細めつつ、こんなことを言った。

「渡しておいて何だが、詫びの品がそんなものでいいのか？　金品の方がいいなら、そちらの用意もあるが」

「え？　金品なんて別にいいわよ。このバスケットの方がずっと素敵じゃない。私にはできない魔法が、たくさん施されているもの！」

黒の魔王はどうやら〝空間魔法〟という独自の魔法を得意としているようで、このバスケットもその魔法のおかげで、中にあらゆるものを仕舞い込むことができるらしい。

絶対に役立つ、レアな代物を手に入れてしまった！

「でも、何だか意外。あなたがお詫びに贈り物をしてくれるなんて。黒の魔王って、もっと冷酷なイメージだったもの」

「お前と同じさ。勝手に周りが、有る事無い事を想像して、その通りの虚像を作り上げる。黒の魔王という虚像を。まあ……人々の噂の中には、否定出来ないものもあるがな」

黒の魔王はそう言って、改めて私に向き直る。

「紅の魔女。あれからお前の噂話を再び調べて回った。お前は傲慢で身勝手で、嫉妬深く強欲な魔女のように言われていたが……いや、やはり噂は当てにならんな。本当にすまなかった」

「え……？」

「お前は思っていたより、欲のない普通の娘だ」

「…………」

私は抱えていたバスケットを、ギュッと抱きしめる。

私の噂話は、もはや手がつけられないくらい尾ひれがついてしまっているけれど、それを噂話だと言い切る人がいることに驚いた。

もはやそれを、訂正する意味もないと思っていたから……

「な、何よいきなり。調子が狂うわね」

真摯に向き合う黒の魔王の視線に耐えきれず、私は目を泳がせていた。

私たちはお互いに強い力を持ち、誇張された噂話によって悪者扱いされる、魔術師同士だ。それなのに、余裕のある黒の魔王と、余裕の無い私の対比が、少し悔しいと思ったり、思わなかったり……

「それに私……娘っていう年齢じゃないわよ……」

そこのところを、私は唇を尖らせ、ゴニョゴニョと呟いてしまった。

黒の魔王は何が面白かったのか、プッと噴き出した後、声を上げて笑った。

「アハハハ……ッ。そういうことなら、俺も人のことは言えない。あまりに強い魔力を持つと、ある年齢から歳を取らないと言うからな。あいつもそうだ」

「あいつ？」

黒の魔王は再び席に着き、お茶をする。

私もまた、その向かいに座って、改めて問いかけた。

「ねえ、あいつって誰？　私たち以外にもそういう人がいるの？」

「ああ。お前は知らないのか？　割と有名な奴なんだがな。〈白の賢者〉と呼ばれている魔術師が、俺たちと同じように歳を取らない」

「白の賢者……？」

初めて聞いた魔術師の名前だ。

というか、私が森からほとんど出ないから、知らないだけかしら？

「そのうちお前にも引き合せよう。精霊を探してこの世界を旅している、腹黒のクソジジイだ」

「クソジジイ？」

私や黒の魔王のように歳を取らないという話なのに、ジジイなの？

白の賢者とやらのイメージ像が、いまいち定まらない。

「でも、そんな人が、まだこの世界にはいるのね」

私が世間知らずなことをぽつりと呟いたからか。

黒の魔王は、私の知らない外の世界のこと、どんな国があってどんな人がいて、私たちのような破格な魔力を持った人間がどのように生きているのか……などを教えてくれた。

「お前、本当にずっとこの森に引きこもっているんだな。よくそれで、北端にあるような俺の国に来てみようと思ったな」

「だ、だって……あなたに会ってみたかったんだもの」

「……俺に？」

「あっ」

自分でも驚くくらい素直な発言だったから、思わず口元を押さえた。

そして「いや、あの、これは」と、目をぐるぐる回す。

「あっはははは」

「な、なに笑ってるのよ！」

「いや。あのような驚異的な魔法を使う紅の魔女が、そんな可愛らしいことを言うから、何だかなと思って」

「…………」

そしてまた、優雅にお茶を啜る黒の魔王。

か、か、可愛らしい……？

可愛いなんて、子どもの頃に祖母と両親からしか言われたことがない。

私はその言葉にすっかり仰天し、顔を真っ赤にさせて俯いてしまった。多分、今、凄く体温が高いと思う。

私は完全に、この男に翻弄されていたのだった。

黒の魔王は、その日の夜に自分の国へと帰ることとなった。

なんだかあっという間に、時間がすぎてしまった気がする。

「長居して悪かったな」

「い、いいえ。私、外の世界のことを全然知らなかったから……その、た、為になったわ！」

楽しかった、と言おうとしたのに可愛くない言い回しになった。自分を殴りたい。

「……ね、ねえ。またいらっしゃい。塩リンゴのお料理、たくさん用意するわ」

そこのところは、勇気を出して言ってみる。

黒の魔王が、私に会いに来てくれたことが嬉しかった。

黒の魔王に、またこの家を訪ねて来て欲しかったから。

湧き上がる高揚感と、ドキドキした気持ちを、私は抑えきれずにいた。こんなに楽しい、心トキメク時間を過ごしたのは、本当に久々だった。

「ああ。お前もまた外に出たくなったら、俺の国へ来るといい。客人としてもてなそう」

「……え？　また行ってもいいの？」

「ああ、もっと語りたい事もある。それにどうやら、お前は俺と同じようだから」

「…………」

「俺は、お前の魔法のことも、もっと知りたい。次に会ったら、お互いの魔法比べでもしてみよう」

「え、ええ……っ！」

私は、また黒の魔王に会える。

その約束をしたのだと思うと、嬉しさのあまり泣いてしまいそうだった。

黒の魔王はそんな私を改めて見据え、

「……俺の真名は、トルク・トワイライトだ」

印象的な声音で、自分の名を告げた。

「……トルク・トワイライト……？」

「ああ。あまり使わない名だが、俺の名である事に違いないだろう」

その名を聞いた瞬間、私はきっと瞳の色を変えたと思う。

彼の本名を知ったことで、その人物の輪郭がハッキリ見えたからだ。

同時に、その名前が呪われているということにも、私はすぐに気がついた。

「あなた……その名前……呪われて……」

「おっと。それ以上言うな」

黒の魔王は私の唇に人差し指を添え、その言葉を遮った。

「何か伝えたい事があるなら、また俺のところへ来い。次こそはお前の話を真面目に聞こう。マキリエ・ルシア」

「………」

視線を私の目の位置に合わせ、彼は不敵に微笑んだ。

驚きのあまり硬直し、この時の私は、何も答えることが出来なかった。

トルク・トワイライト。

その呪われた名を持つ男は、私を翻弄したままドラゴンの背に跨って、北端の国へと帰って行ったのだった。


ドタドタと足音を立てながら小屋に駆け戻り、先ほど貰ったバスケットを胸に抱えたまま、私は寝室のベッドに飛び込んだ。

「〜〜〜〜っ」

胸の高鳴りと、頬の熱さが尋常ではない。

息切れしそうな程のトキメキに、私は何度も潤んだ瞳を瞬かせていた。

「トルク……トワイライト……」

次は、いつ彼に会えるだろうか。

胸を強く押さえ、落ち着け落ち着けと自身に言い聞かせながらも、彼のことばかりを考えてしまう。

そう。私は何十年と生きていながら、生まれて初めての〝恋〟に浮かれていた。

この恋が、私の身を焦がし続けることを知らずに。

第九話　追憶（四）～魔物の子～

「……んー。これで大丈夫かしら」

とんがり帽子を何度もかぶり直し、鏡の前で自分の姿を見つめている。

もう何年も変わっていない、若々しい見た目の私を。

黒の魔王は、魔力の高い人間は、ある年齢から歳を取らないと言っていた。

私は自分の見た目がそれなりに好きだけれど、周囲が言うように若さに固執したり、若さを保つために若い娘を殺して魔法の素材にしたりはしていない。

要するに、美しさに磨きをかけるような事は特に何もしてこなかった。むしろ女性としては、美容というものに無頓着な方だったのではないかと思うのだ。

しかし見映えを気にするようになったのは、黒の魔王に出会ってから。

たかが帽子、たかがドレスを選ぶにしても、黒の魔王に気に入ってもらえるかどうか、褒めてもらえるかどうかをいちいち考えていたのだから、私にも一応、恋する乙女の純情があったということだ。

「…………はあ」

しかし私は帽子を取り外し、小さくため息をついた。

こんな風に帽子をかぶり直し、身だしなみを整えたところで、黒の魔王は僅かも心乱れないだろう。

だって……

「まさかあの男に、妻がいたとはね」

はあああああ～～～。とまたため息。

これは黒の魔王が塩の森を尋ねてきた日の、少し後のこと。

私は意気揚々と箒に跨り、ドキドキワクワクしながら、再び黒の魔王の居城を訪ねたのだが、そこで酷くショックを受ける。

黒の魔王には、すでに大切なお妃様がいたのだった！

しかも凄く丁寧に、紹介されてしまった！

いやまあ、確かに……一国の王で、すでに何十年と生きている魔王なのだから、お妃様がいたって何もおかしくはない。私のようにたった一人で森に引きこもっている訳ではないのだから。

私がバカだったのは、それでも何度もあの国を尋ねてしまっているということ。

何度もトルクに会いに行ってしまっているということ。

そして、よくよく分かった。

恋をしている私と違い、黒の魔王は私の魔法の力に興味があるばかりで、私に興味があるわけではない。

はあああああ〜〜。

再び猛烈なため息をついた後、恋煩いを振り切って箒に跨った。

そして空を猛スピードで突っ切って、北端の魔物の国へと向かったのだった。

魔物の国。

それは〈黒の魔王〉トルク・トワイライトが、独自の空間魔法を用いて生み出した、雪と氷に閉ざされた魔物たちの楽園。

ここへ来るたび、私はトルクと魔法比べをする。

要するに、お互いの魔法をお互いにぶつけ合うのだ。

今の今まで、お互いの魔法に耐えられる人間はいなかった。ゆえに、なかなか上達しない魔法や、開拓できない魔法があったりした。

私たちはお互いの魔法を受け止め合うことで、それぞれの魔法を研究し合い、問題点を見つけたり、相談したり、打開策を編み出すことができるようになったのだった。

はたから見たら、私たちが盛大に喧嘩(けんか)しているように思えたでしょうね。

　今日も今日とて、大魔法が炸裂し、この国の大地を揺らし、雪崩を起こしている。

　私がこの国に来ると、魔物の住人たちに避難勧告が出て、本当にお騒がせ。

　それでも、黒の魔王には歓迎してもらえる。それは私が、この男の魔法を生身で受け止めることができるから。

　仕方がないじゃない。これ以外に、構ってもらう方法など無いのだから。


「まあまあ、紅の魔女様。申し訳ございません、このようなお見苦しい格好で……」

「い、いいのよ。寝ておいてちょうだい。私は生まれた赤子に名を与えるよう、頼まれただけだもの」

「まあ……っ。高名な命名の魔女様に。なんとありがたい」

　私は、トルクの正妻である〝シーヴ〟という半魔物の女性とも交流があった。

　ちょうど先日、トルクとシーヴの間に子どもが生まれ、急遽その子に名を与えることになったのだ。

　生まれて間もない赤子を抱えたシーヴは、何だかとても神聖な空気を纏っているように思える。

　これが、母というものだろうか。

シーヴは魔獣の血を引いており、獣の耳と長い黒髪を持つ半獣人の美しい娘だ。当然、私よりずっと年下だったけれど、私より大人びた顔立ちをしていた。

シーヴが赤子を抱えたままベッドから降りようとしたので、

「そのままでいいわ、シーヴ」

と慌てて駆け寄った。

シーヴの腕の中にいる赤ん坊を覗き込む。赤ん坊はスヤスヤと寝ている。

シーヴ譲りの魔獣の血が色濃く出たのか、黒い毛むくじゃらの子犬のよう。性別は男の子ということだ。

「本当に、よく頑張ったな、シーヴ」

「……ええ。無事に我が子を産めました、トルク様」

トルクとシーヴは、お互いに安堵したような表情を浮かべて見つめ合っていた。話を聞いたところ、かなりの難産だったとのこと。

シーヴは今まで、子が宿ってもどうしてか死産することばかりだったようで、無事に生まれたのは初めてとのことだった。

何だかその表情は、私の知るトルクと違って柔らかな愛情と、確かな幸福に満ちている。

胸がチクリと痛んだ。この人は、私の前では絶対にこんな顔はしない。

羨ましいとか嫉妬の気持ち以上に、自分がその枠組みに入っておらずひとりぼっちなのだと思い知らされていて、虚しい気持ちになっている。この虚しさが静かに心を殴っている。

　だけど私は、このシーヴという娘が嫌いではなかった。彼女は私がこの国に訪れる度に、いつも快く歓迎してくれたから。

「じゃあ、名を付けるわよ」

「……ああ、頼む」

　トルクが私の命名を見るのは初めてだった。

　少し緊張したけれど、まだ〝名前〟という祝福を授かっていない赤ん坊を見据える。

　そして、懐から愛用している杖を取り出し、それを顔の前で構えて、

「父はトルク……母はシーヴ……黒い獣の……魔獣の血を引く子……」

　ゆっくりと、その子どもの表面上の情報をなぞるように、言葉を連ねた。

「……黄昏の一族……トワイライト……」

　このように、その赤子の情報を確かめると、次第にその子にとって、最良の名前が導き出される。祝福が、降り注ぐ。

「この子の名前は……スクルート」

命名の魔女は、名を与えたその一瞬、その赤子の運命を悟る時がある。

感じ取ったのは、スクルートという子が将来、一族にとってとても大きな役目を担う存在になるということ。

「スクルート。この子の名前は、スクルート……っ」

シーヴが、抱きかかえた我が子を見つめながら、その名を繰り返し唱えた。

「ええ、そうよシーヴ。きっと大きな役目を持った子になるわ。トワイライトの一族の命運を左右するような、そういう運命を私は感じたもの。シーヴ、尊い子を産んだわね」

「紅の魔女様、光栄でございます……っ」

シーヴは赤子を抱いたまま、感極まって、一筋の涙を流した。

トルクもまた、そんなシーヴの肩を抱き、名付けられた我が子と最愛の妻を愛おしそうに見つめている。

「………」

愛する者との間に子をなすというのは、どういうものなのだろう。

私は知らない。わからない。

だけど、シーヴやトルクの表情を見ていると、それがいかに尊いことなのか、流石の私だって理解できる。

そこには確かに、父と母と、子がいる。寄り添い合う家族の姿がある。

眩しくて、羨ましい。

ふと、ずっと昔にいなくなった祖母や、私の両親のことを思い出してしまった。

私にだって、かつてはそんな家族が居た。

だけど、今の私に家族と呼べる人は一人もいないのだ。


その後トルクは執務に戻り、私はシーヴが抱っこする赤子を、飽きずに見ていた。

「赤ん坊って、可愛いわねぇ」

私は赤ん坊に夢中だった。

触れてもいいと言われたので、ふわふわした耳を撫でたり、獣らしい鼻に軽く触れたりする。赤ん坊は、甘いミルクの匂いがして、全てが柔らかい。

「その、気持ち悪くは……ありませんか？」

「え？　なんで？」

「……まるで獣のようで……人の姿ではありませんから」

「…………」

「だけど、完全な魔物でもない……」

シーヴは憂いを帯びた黄色の瞳を揺らし、腕に抱く赤ん坊を見下ろしている。

赤ん坊もまた、シーヴと同じ瞳の色をしている。

人と魔物のハーフは、この辺では禁忌の存在と言われていて、シーヴもそのせいで随分と苦労したと聞いたことがあった。

「こんなに可愛いのに、気持ち悪いなんて少しも思わないわよ！　それに私は名付け親。これからも孫のように可愛がるつもりよ」

私は胸に手を当てて、ハッキリと宣言した。

だって、私にとって人も魔物も、そう変わらない存在だったから。

人であろうとも私に敵意を向けて害を成せば敵だし、魔物であろうとも私に優しければ、それは私のお気に入りになるわけで。

「シーヴこそ、私なんかに子どもの名前をつけられて、嫌じゃない？」

「そんな……っ、滅相もございません」

シーヴもまた、首を振る。

そして胸に秘めた憂いを、私に零してくれた。

「私はこの子の行く末が心配なのです。私のように、人にも魔物にも馴染めず、ひとりぼっちになってしまわないか……。ですが紅の魔女様に名前を頂き安心しました。ああ、この子の未来は、きっと明るい、と」

そう言って、シーヴはまたポロポロと涙を零す。

本当に、心から、我が子の未来を案じていたのだろう。

様々な葛藤を抱きながら子を産んだ、母の気持ちを慮(おもんぱか)る。

「シーヴはいい娘ね。普通、旦那さんを何度も殺しかけている女なんて、嫌いになると思うわよ。我が子から遠ざけようとしてもおかしくないわ」

「ふふ。ですがトルク様、最近とても楽しそうです。紅の魔女様のような、同じ力を持つ存在と出会えて。白の賢者様は、あまり戦いは好まないようですから」

「……へえ、そうなんだ」

白の賢者。

私はまだお目にかかったことがないけれど、度々この国を訪れ、黒の魔王と情報交換をしているらしい。しかし争いごとが好きではないのか、魔法比べは、色々な条件が整わない限り、そう簡単にはしてくれないらしい。

そんな時、ふと、シーヴがこんなことを尋ねた。

「……その。紅の魔女様は、トルク様の出自は聞いておられますか？」

「ん？　いいえ。あいつ自分のこと何にも話さないもの」

「…………」

シーヴは少し考えて、スヤスヤと眠りについた我が子を隣にそっと横たえると、ゆっくりと語り始めた。

「トルク様は、かつてこの辺にあった小さな亡国の王子でした。しかし王族の証である銀の髪を持たず、不吉の象徴である黒髪であったために、ずっと鎖に繋がれて……魔物たちと共に、地下牢に幽閉されていたのです」

「……え」

それは、黒の魔王と呼ばれる男の、始まり方。

今となっては信じられないが、幼少の頃は王子の身の上でありながら、人々に虐げられる存在だったのだ。

「しかし、この辺の小国家は、常に隣国との諍いや、巨大な帝国の侵略に見舞われるもの。トルク様の国が敵国に攻め入られた時、共に幽閉されていた魔物たちと国を逃げ出したことで、トルク様は魔物たちと安心して暮らせる国を作ろうと決意したのです。私はそう、この国の古株の魔物たちに聞きました」

「そう……だったのね」

当然だが、この魔物の国を作った理由が、あの男にもある。

彼の魔法の力は、地下牢に幽閉されていた間、魔物たちと触れ合うことで次第に培われたのだとか。

「ところで、シーヴはトルクと、どのように出会ったの？」

そういえば、シーヴとトルクの馴れ初めを聞いていないと思った。

シーヴは少し遠い目をして、ゆっくりした口調で語る。

「私は……見世物小屋の檻に閉じ込められていたところを、トルク様に助け出されたのです。人と魔物のハーフは、どちらにも属することができず……」

「……シーヴ？」

「最も……禁忌の存在として……」

しかしそれ以上、彼女は言葉が出てこないようだった。

どれほど辛い目にあってきたのか……彼女の目の色が遠く遠く、淀んでいく。

「もういいわ、シーヴ」

「すみません、紅の魔女様……っ」

「私こそ、辛いことを思い出させたわね。ごめんなさい」

私はシーヴの頭を、よしよしと撫でた。

「今のあなたにはトルクがいるし、スクルートもいる。愛する家族がいるのって、素敵なことだわ。私のような魔女でもそう思うのだから」

シーヴは少し落ち着いてきたのか、コクンと素直に頷いた。

「確かに、今の私はとても幸せです。……ですが、トルク様が私を妻に迎えたのは、そうしなければ私が生きていけなかったから。私がとても弱い存在だったから。そうすることで、私の生きる意味と、立場を作ってくださったのです。あの方は、弱き者を守らなければという理念に真っ直ぐなだけで……私に恋をしていたわけではないのです」

「まさか。あなたのこと、とても大切にしているわ」

私はとても驚いた。シーヴがいきなり、そんな話をしたことに。

だけどシーヴは、それはとても大切なことだとでもいうように、こんな話をした。

「私は紅の魔女様が羨ましい。何者にも脅かされず、一人の力で生きていける。そして大切なものを守る力と、運命を変える力を、自分自身が持っている。トルク様も、あなた様のような強い女性を見たことがないとおっしゃっていました。……きっと、そういうところに一目置いているのでしょう」

「……シーヴ？」

「あなた様は限りなく自由で、とても眩しい」

「…………」

シーヴは私に、何を訴えたいのだろう。

私は確かに強い力を持っているかもしれないが、欲しいものは何一つ手に入らなかったし、常に孤独に苛まれている。

私こそ、トルクに愛され、大切にされているシーヴのことが羨ましい。

まるで、お互いに無い物ねだりをしているみたいだ。

「すみません、私ったらお茶もお出しせずに……っ」

シーヴはベルを鳴らして、外で待機していたメイドを呼びつけ、お茶の準備をさせる。

私やトルクがいる時は、いつもシーヴは使用人たちの人払いをするのだった。

新入りらしき人間のメイドの少女が、初々しい様子で私たちにお茶を運ぶ。

「お、お初にお目にかかります、紅の魔女様……」

「あら。あなた、初めて見る顔ね。名前は？」

私がそう尋ねると、少女のメイドは緊張した面持ちで名乗った。


「わたくしは、メリッサ・オディリールと申します」


その、若いメイドの名前を聞いた瞬間――

私は、ビビビッと身体中に電流が走ったような衝撃を受ける。

今までにあまり感じたことのない、奇妙な感覚だった。

「……わ。あなた、百点満点の名前をしているわね。凄くいい名前。オディリールという家名も素敵よ。きっと何か特別なことをなすでしょうね」

メリッサという名前の少女は頬を赤らめ、モジモジして照れている。

彼女はショートカットの赤髪の娘で、自分の髪色に少し似ているので、私は勝手に親近感を抱いている。例えばの話、私の娘が生まれたならば、こんな子になっていたのではないかな、というような……

「でも、人間のメイドって、魔物の国では珍しいんじゃない？」

「確かにこの国に人間は少ないですけれど、全くいない訳ではないのですよ。人口の二割は人間かと」

「あら、意外といる」

シーヴ曰く、魔物の国と呼ばれているとはいえ、居場所のない者たちは人であれ魔物であれ、受け入れることがあるらしい。魔力があって差別を受けている人間も、導かれるようにして、多くがここに辿り着くのだとか。

黒の魔王・トルクの一貫した理念は、居場所のない弱き者たちに、安心できる居場所を与えることなのか。

「…………」

なるほどねえ……とか思いながら、お茶を啜った。

「どうかしましたか？　紅の魔女様」

私が動きを止め、神妙な面持ちをしていたからか、シーヴが不思議そうにしている。

シーヴもまた、同じお茶を啜ろうとしていたが、私は慌ててシーヴからティーカップを奪った。

「飲んではダメ！　毒が入っているわ」

私がそう指摘した瞬間、背後でヒヤリとした殺気を感じる。

振り返ると、新人メイドのメリッサ・オディリールが、ナイフを振りかざしてシーヴを睨みつけていた。

「!?」

「死ね！　魔物め！」

シーヴは咄嗟に我が子を抱きしめた。

私はそんなシーヴたちを庇い、メリッサの振り下ろしたナイフをこの手で掴んで止める。

「……っ」

ボタ……ボタボタ……

手のひらから大量の血が流れている。

しかし私は怯むことなく、無詠唱で糸の魔法を行使し、瞬時にメリッサを捕縛した。

「紅の魔女様！　血が……っ」

「ダメ。私の血を触っちゃダメよ、シーヴ。このくらい何てことないから。治癒魔法ですぐに治るもの。それより……」

私は、シーヴを殺そうとしたメリッサ・オディリールを糸の魔法で吊るし上げ、何のつもりか、どこの差し金か、あれこれしながら聞き出す。そう、あれこれしながら。

どうやらメリッサは、この魔物の国を危険視している、北方のエルメデス帝国の刺客だったらしい。妹が帝国の人質に囚われているらしく、この国に潜入し、王族を殺すよう命じられていたのだった。

メリッサは吊るされたまま泣いていた。

もうダメだ、妹が殺される、と嘆いていた。

任務に失敗した自分を、帝国は絶対に許さない、と。

やがて、騒ぎを聞きつけたトルクや、この国の幹部たちが部屋にやってきて、異国の刺客だったメリッサを連れて行った。

私はというと、手のひらの傷はすでに治癒魔法で塞がっていたけれど、血まみれだったので湯浴みをさせてもらい、立派な着替えのドレスを貰ったのだった。


「じゃあ、そろそろ私はお暇するわね」

「こんな夜にか？　今回の礼も満足にできていないんだ。もう少し滞在していけ」

トルクが私を引き止めるので、私は着ていたドレスを摘んで見せた。

「この服を貰ったし、十分だわ。それに私、行きたい場所があるのよ」

「行きたい場所……？」

私はそれを、はっきりとは告げずニヤリと笑っただけ。

私が何かを企んでいるのを、きっとトルクも感じ取っただろう。だけどそれが何なのかは、わからないはず。

「さあ。私になんか構ってないでシーヴのところへ行ってあげなさい。産後間もないのに、あんなことがあったんだもの。不安で仕方がないでしょうよ」

「……だが、お前だって怪我をしただろう」

「そんなのすでに塞がっているわ。刮目しなさい」

私は、傷痕も残っていない綺麗な手のひらを、トルクに見せつける。

「……確かに、完璧な治癒魔法だ」

「そうでしょうそうでしょう。私は治癒魔法も得意なのよ」

「全く。心配のしがいがない。お前は本当に強い女だな」

「…………」

私は笑顔で上機嫌のように振る舞っていたが、内心は、できるだけ早くこの国から出て行きたいと思っていた。

どうしてだろう。いつもそうだ。

ここへやってくる時はとても浮かれているのだけれど、帰る時間になると無性に虚しく、居たたまれなくなって、早くこの場を去りたいと思ってしまう。

「おい、マキリエ」

トルクは私をマキリエと呼んだ。

「我が子に名を与えてくれて、シーヴを救ってくれて、ありがとう」

「どういたしまして」

「俺にとって、シーヴとの子は特別だ。最初の子というのもあるが、人と魔物の血を両方受け継いだ存在というのも、意味がある」

「それは、この国にとって？」

「そうだ。シーヴは人と魔物の間に生まれ、人にも魔物にも忌み嫌われる存在だった。この国でしか生きていけない女だ。この国でしか生きていけない存在を、俺は守らなければならない。……きっとスクルートは、俺の意志を継ぐ子になるだろう」

「……そうね。きっと良い跡継ぎになると思うわ。そういう可能性をあの子に見たから」

「命名の魔女様にそう言われると、説得力があるな」

その時の、トルクの表情を、私はもう見ていられなかった。

良いわね、あなたは。

周りに沢山の人がいて。大切な家族がいて。愛に溢れていて。

寂しい思いなんて、すること無いのでしょうね。

そんな嫌みを言ってしまいそうになって、ぐっと堪えた。

言ってしまったら、きっと全て終わる。

「ま、今回のようなヘマはしないことね。居場所のない者を招き入れるのはご立派だけれど、そういうところから、敵は忍び込んでくるのよ」

「ああ。肝に銘じている。今回、お前が居なかったらと思うと……」

「……？」

トルクは眉根を寄せ、いつもはあまり見せないような不安げな表情をしていた。

「他者を大事にし過ぎるのも、時に切ない。どんなに大切にしても、今回のように他者に命を奪われそうになることがあるし、病や怪我で死んでしまうこともある。何事も無くとも、歳を重ねて老いていく。シーヴも、我が子のスクルートも、そのうち俺を追い越して……先に逝ってしまうのだろうな」

その人が大切であればあるほど、失った時の悲しみも大きい。

大切な人が多すぎると、別れの場面は度々訪れ、悲しみを刻んでいく。

トルクにはトルクの葛藤があるようだ。

「じゃあ、私帰るわね」

私はトルクに背を向けた。

「おい、せめて朝まで待て。国の外には異国の兵士もいるし、野生の魔物だっている」

「はあ？　何がいたって私に危険な事なんて無いわよ。むしろ私は恐怖の象徴。バッタリ出くわした兵士や魔物がかわいそうよ」

「それは……そうかもしれないが。いや、そういう問題じゃない」

トルクは私の手をパシッと取り、首を振って、強い眼差しで言う。

「危険な目に遭っても無事だからという話じゃない。危険な目に遭わせたくないだけだ。お前は女だ。強いからといって、夜に一人で帰らせる訳にはいかない」

「な……っ」

紅の魔女相手に、何を言ってるんだろうか、この男は。

こういう時だけは女扱いする。ずるい男だ！

そう思いつつ私の顔はすぐ熱くなる。

それを隠すためとんがり帽子のつばを掴んで俯いた。

「まあ、あなたがどうしてもって言うなら、朝まで待ってやってもいいけどぉ？　でも日が昇ったらすぐに帰るからね！」

「驚くほど素直じゃないな。全く」

私だって、どうしてこんなに素直になれないのか、分からない。

素直に気持ちを伝えられたら、弱いところを見せられたなら……どんな結果になろうとも、こんなに苦しい思いもせず、楽になれたかもしれないのに。

そう。私はこの時、彼に「好きだ」と言うこともできなかったくせに。

ただひたすらトルクを想っていれば、そのうち私の気持ちが伝わって、私も、彼の家族の一人にしてもらえるのではと、そんな淡い願いを抱いていた。

しかし彼が私を、同列の〈紅の魔女〉と見続ける以上、それは決して叶わない。

彼が私に求めていたのは、女でありながら、自分が側で守ってやる必要のない存在。

同じ舞台に並び立つ、強き者であること、だったのだから。


さて。翌日の夜明けと共に、私は魔物の国を抜け出した。

そして箒をぶっ飛ばし、エルメデス帝国の居城へと向かった。

そこで何をしでかしたかというと……

「ぎゃあああああ！　魔女だ、魔女だあああああ！」

「こいつが噂の紅の魔女か」

「逃げろ！　奴は妙な魔法を使うぞ！」

「あの女、悪どい顔で笑ってやがる……っ」

フン、フフーンと、鼻歌を歌いながら杖を振るい、お得意の糸の魔法で、帝国の場内を荒らしに荒らした。

王族も貴族も。

大臣も兵士も道化師も。

誰もが逃げ惑う中を、私は優雅に突き進む。ついでにめぼしいお宝をいくつか貰ってあげちゃった。

ああ。阿鼻叫喚。

魔女の高笑いも交じり合う混沌の中、私は人質として囚われていたメリッサの妹の居場所を突き止めて、企み通り彼女を助け出し、颯爽と居城から連れ出したのだった。

紅の魔女は、賞金首でもある最悪の魔女。

若い娘を攫うのは噂通りだから、何も問題ございません。

という訳で、私は再び魔物の国に戻り、やけくそ気味にメリッサの妹（名をジェーンと言うらしい）をトルクに押し付けて、さっさと自分の家に帰ったのだった。

めでたし、めでたし。

第十話　追憶（五）～ユノーシス・バロメット～

　ポポロアクタス。ドンタナテス。

　私は、木箱の中の藁の寝床に埋もれて眠る、老いた二匹のドワーフハムスターを見つめていた。

「もうあまり、長くはないかもしれないわね」

　呼吸は弱々しく、命の灯火が弱いと感じる。

　出会ってから約五年。ドワーフハムスターの平均寿命を考えれば、とても頑張ってここまで長生きしてくれたと思う。だけど、もうこれ以上はどうしようもない。

　この二匹がいなくなったら、私は……

「……？」

　トントン。

　ほとんど誰も訪ねて来ないこの家の戸を叩く音が聞こえ、私は顔を上げた。

　誰かがこの森に立ち入った場合、私には分かるようになっている。しかしここまで気がつかなかったということは、とても大きな力を持つ者が訪ねて来た、ということでもある。

まさか、トルク？

いや、黒の魔王が私の家を尋ねて来たのは、最初の一回きり。

後はほとんど私が遊びに行ってばかりで、あの男がここへ来る気配などなかった。

というのも、北方の諸国は衝突が多くて緊迫しているし、一国の王がそうやすやすとここに来ることはできないのだ。

私は杖を片手に構え、小屋の扉を開いた。

「……誰よ、あなた」

目の前に立っていたのは、白髪の青年だった。

これはまた清々しいくらいに肌も髪も服も、纏う空気すらも純白。

シトラスイエローの柔らかい瞳が印象的で、パッと見は二十代後半の男性のように思えるけれど、とてもそんな若造とは思えない落ち着きはらった雰囲気があって、すぐに只者ではないと悟った。

「はじめまして。名高い塩の森の〈紅の魔女〉とお見受けします。僕は聖地より参りました〈白の賢者〉と呼ばれるものです」

「……白の賢者。ああ、あなたが噂の」

なるほど、こいつが例のクソジジイか。

確か世界中を旅して、数多の精霊と契約し、精霊魔法を確立した凄腕の魔術師だと聞いたことがある。更にはその冒険や、貧しく病める人々を救う聖者っぷりが人気を博し、物語や童話にまでなっている生きる伝説である。

この人だけは、悪い噂ばかりの私やトルクとは、真逆なのよね。

なんだかそれを癪に感じていたので、私は初っ端から、嫌みモード全開。

「あなたのような聖人が、こんなところに来て大丈夫ぅ？　紅の魔女は若い娘を攫って、生皮を剥いで血を絞って、肉を細切れにして酢漬けにして食うそうよ」

ここ最近、更に熟した紅の魔女の噂を披露してみた。白の賢者を先制パンチで怯ませようと思ったのだが、彼は目をぱちくりとさせて首を傾げる。

「どうして、そのような嘘を言うのですか？」

「嘘？」

「娘たちの生皮や酢漬けがどうとかってやつです。そんなものはここには無いでしょう？」

「なぜそう思うの？」

「精霊たちがそう言います。ここでそんな残虐な殺生が繰り返されていれば、少なからず死臭が漂う。そして死者たちの無念が残留する。僕にだってわかりますよ」

「…………」

「この場所は、甘いリンゴの香りが漂うばかりです」

私はしばらく黙っていた。

柔らかな微笑(ほほえ)みをたたえる白の賢者の背後には、怖い顔した精霊たちがわんさといて、私を睨(にら)みつけている。それに気がついた時、自然と頬に汗が流れていた。

なんだこいつ。ヤバい数の精霊と契約してるわ。

特に一体、超デカいのがいる。顕現していなくとも、巨大な山羊(やぎ)の角を持つ魔神が、禍々(まがまが)しい瞳で、真上からじっと私を見ている……

「ふん。睨んでんじゃないわよ」

私は、私を睨む生意気な精霊たちを睨み返した。

一方で、この男を敵に回すのは少々厄介かもと思った。

「いいわ、お入りなさい」

白の賢者――それは、後にトルクと私と共に〈三大魔術師〉として語り継がれる偉大な魔術師の二つ名であった。


突如訪ねてきた〈白の賢者〉に塩リンゴの木の葉で作ったお茶を出すと、彼はその香りを楽しんで上品に啜(すす)った。お育ちの良さそうな端整な顔立ちをしていて、柔らかな空気を纏っていて、清潔感に溢(あふ)れている。愛されている理由が良くわかる。

そう。トルクや私との決定的な違いは、彼が悪人面ではない、ということだ。

結局人は見た目なのよねぇ〜……とか思いながら、私は白の賢者に尋ねた。

「ところで高名な賢者様が、私のような一介の魔女に、何の用かしら？　背後にヤバい奴ら、たくさん引き連れちゃってさぁ」

「ふふ。僕の精霊たちがこんなにピリピリしているのは、あなたがそれだけ高い魔力を持っているからです」

「……ふーん」

「あなたは精霊とは契約されていないのですか？　あの黒の魔王ですら、ドラゴンの精霊と牡鹿の精霊と契約しているのに」

「はん。あいにく私は、二匹の老いたドワーフハムスターを飼っているだけ。精霊との契約はしていないわ。どうやら精霊にも嫌われてしまう体質のようだから」

そりゃあ、今までだって精霊と契約しようと思ったことは、何度かある。

精霊と契約していること、それすなわち魔術師のステータスだ。

使い魔としても役に立つし、話し相手にもなってくれるし、精霊によっては家事手伝いもしてくれる。だけど、どうしてか私は精霊に避けられてしまって、どいつもこいつも姿を現してくれないのだった。

一方で、この白の賢者という男は、精霊に愛される体質なのだろう。

彼は常に、数多の精霊たちに守られていて、柔らかい空気を纏っていたとしても全く隙が無いのがわかる。いったい何体の精霊と契約しているのやら……

「さて。本題に入りましょう」

白の賢者はティーカップを置いて、改めて私を見た。

「ついこの前、僕は魔物の国で、あなたと黒の魔王の魔法比べを目の当たりにしました。ちょうど居城に滞在していたのですが、あなたが魔法で雪山を一つ吹き飛ばし、黒の魔王……トルクを雪崩に埋めた時です」

「ああ。あの時あなた、魔物の国にいたの」

それは先日のこと。私が黒の魔王の居城に遊びに行き、魔法合戦をしていたらヒートアップして、雪山が一つ吹っ飛んだ。それをトルクに文句を言われて、子どもみたいな言い合いになって、結局私は、奴を雪崩に埋めて逃げたのだった……

「あいつ生きてるぅ？」

「もちろん。トルクはピンピンしていて、あなたに対して怒っています」

白の賢者はニコリと笑った。

「お二人はなぜ争っているのですか？　理由があるなら教えていただきたい」

「……なぜって」

私は、お茶と一緒に出した塩リンゴのクッキーを齧(かじ)って、少し考えてから答えた。

「別に。あいつは私と魔法比べをすることで、自分の魔法を研究したいのよ。全力を出せる相手ってそうそう居ないでしょうし。あなたはあまり、戦いの相手をしないらしいしね。そのうちに二人ともハイになって、凄い事になるだけ」

「なるほど……」

まあ、私が黒の魔王の居城を訪ねる本当の理由は、言えるはずもない。

白の賢者とやらは、顎に手を添えて真剣に考え込んでいる。

「あのね。別に深い意味なんて無いのよ。喧嘩はするけど争っている訳じゃないの。ただ、私たちはああやって魔法で遊んでいるのよ。黒の魔王の作った国で、それぞれの魔法の限界を知るために」

白の賢者は、相変わらず神妙な面持ちだ。私はクスッと笑って頬杖をついた。

「この感覚、賢者様なら分かると思ったんだけどな〜。私たちはお互いの力を認め合っている。対等だからこそ、本気で競い争うのよ。あなただって少しは思ったことがあるでしょう？　周囲の人間たちと、自分との違い」

「……それは、無いと言えば嘘になるでしょうね。僕はもう七十年生きていますが、二十代の頃とそう変わらない見た目のまま生き長らえていますから」

「あら。クソジジイね。黒の魔王の言った通りだわ」

「クソジジイとは失敬な。それを言ったらあなただって……ゴホン。いえ。やめておきます。紅の魔女様に火炙りにされたくはないですからね」

「あ？　言っちゃってもいいのよ？　あなたの寿命がここで終わることになるけれど」

この一言が、白の賢者の精霊たちの怒りに触れたのか。

一瞬で空気が張り詰めて、目の前にあった食器にヒビが入った。

「あらあらあらあら。怖いわねえ」

賢者様が温厚とはいえ、抱え込む精霊たちは大層キレやすいらしい。

「おやめなさい。人様のお家で」

しかし白の賢者が一言こう声をかけると、精霊たちの気配は、再びスッと空気に紛れる。

「凄いわね。いったい、何匹抱え込んでいるんだか」

「ザッと151体です」

「うわ……中途半端な数字～」

白の賢者はクスッと笑い、再びお茶をすすった。

しかしまあ、それだけの精霊と契約しているというのは、本当に破格な魔力を持っている証でもある。通常の魔術師であれば、契約できる精霊なんて一、二匹が限界だ。

これだけの精霊と契約できたからこそ、精霊魔術の召喚方法をいくつも編み出し、確立することが可能だったのだろう。

「ところであなた、お名前は？」

「ああ、すみません。名乗っておりませんでした」

白の賢者は自らの胸に手を当てて、名乗る。


「改めまして、僕は、ユノーシス・バロメットと申します」


ユノーシス・バロメット。

その名前を聞いた途端、私は、自らの瞳の色を変える。

最良の名前だ。きっとこの男の名付け親も、凄腕の命名の魔女であったに違いない。

「ここ最近は、この名を呼ぶ者はほとんどいませんがね」

「……ふふ。そうね。誰もが畏れ多くなって、名前で呼んではいけない気がしてくる。それは不老のまま、長い時間を生き長らえる程。自分が周りから離れていけばいく程に」

わかる。伝わる。

この人も、やはり私やトルクと同じ……

「では、紅の魔女。あなたの名をお伺いしても？」

「ふん。私はマキリエよ。マキリエ・ルシア」

「ほう。なかなか変わった名前ですね」

「祖母が凄腕の命名の魔女だったのよ。一応これでも最良の名前。あなたと同じくらいね」

「そうですか、ではマキリエとお呼びしても？」

「勝手に、どうぞ」

その後もこのユノーシス・バロメットという男の話を聞いた。今はもう精霊探しの旅を終えているらしく、聖地に留まり弟子を取って、精霊魔法を伝授している最中らしい。

「で、結局あなた、私に何の用があってここへ来たの？」

私は会話の軌道修正を試みる。

白の賢者ユノーシスは再びお茶を啜った後、ごく自然な口調でこんな話をした。

「単刀直入に申しますと、あなたに協力を仰ぎたいと思っているのです。僕の夢のために」

「は？　夢？」

予想外なことを言われて、目が点になる私。

「いい歳こいて、夢って……。いったい何させるつもりなのよ。タダ働きはゴメンよ」

私が警戒していると、ユノーシスは口元で指を組み、魔術師らしい薄い笑みを浮かべた。

「僕はね。誰もが魔法を学べる魔法学校を作りたいと思っているのですよ」

更にはますます、私の想像を上回る意味不明な提案だった。

「魔法……学校……？」

この時代、魔法はあっても魔法学校というものは存在しなかった。

魔法とは、高名な魔術師に弟子入りして学ぶか、そういう一族の生まれで親や親族から教わる、というのが一般的だったのだ。

故に、魔力を持っていながら、魔法を学ぶことのできる環境にいない者たちは、その力を持て余し、魔力を暴走させることが度々ある。

ユノーシス・バロメットという男は、精霊を探して世界中を旅する中で、そういう者たちを何人も見たという。強い魔力を持っていても、その扱いを知らないまま身を破滅させてしまったり、周囲と違うというだけで差別の対象となってしまったりする者たちを。

そういう者たちを導くため、誰もが魔法を学べる〝魔法学校〟が必要だと切実に感じたそうだ。魔法学校を作ることが、白の賢者としてやるべき最後の使命である、と……

「マキリエ。あなたとトルクが、お互いの力を認め合い研鑽を積んでいるように、自身の魔術の腕をもう一段階高みに上げるには、他者の存在が必要不可欠です。同じ視線でものを見ることができる、切磋琢磨し合える友が……」

「…………」

紅の魔女、黒の魔王、白の賢者……

同じ高みに並び立つ、理解し合える友人たちと出会いたい。

何となくではあるが、私たち三人に共通する感情は、ここにある気がしていた。

「ユノーシス。もしかして、あなたもそういう人が欲しかったの？」

私のこの問いかけに、ユノーシスはハッとしたような目をした後、

「まあ、そういうことになりますかね」

少しだけ恥ずかしそうに苦笑した。

私はこの時、白の賢者の魔法学校を作るというその提案が、漠然と、何かとても重要なことのように思えていた。魔法学校があったなら、もっと友人がいたり、魔法を介した人との付き合い方を学べたかもしれない……そういう自分自身の願望も重ねて。

「良いわよ。その話、のってあげる」

「本当ですか⁉」

ユノーシスが表情をパッと明るくさせて、テーブルから身を乗り出す。

ジジイ然としているかと思えば、こういう子どもっぽい一面もある。

幼ごころを忘れていない、実に魔術師らしい魔術師だ。

「ふん。その代わり、私の頼みを一つだけ聞いてもらうわ」

「何でしょう。僕にできることなら、何でも」

「………………」

私はグッと表情を強張らせた後、スッと立ち上って隣の部屋に行き、木箱を両手に抱えて持ってきた。木箱の中には布と藁が敷き詰められていて、それらに包まれるように、二匹の何かがそこにいる。

ユノーシスは驚いたように、目を大きく見開く。ヒューヒューとままならない呼吸をしている。

「これは、何ですか？」

「ドワーフハムスターよ。あまり、元の姿を留めていないけれど」

「驚きました。あなたの魔力によって、変貌してしまったのですか」

「……そうよ」

二匹はすでに異形と化していた。毛は全て抜け落ち、手足は不思議な方向に曲がり、左右の目玉の大きさも違っていて、あちこちに凸凹したイボのようなものがある。

それでも生きている。

私の願いが、禍々しい魔力がそうさせてしまった。

「とっくに寿命なんて過ぎてるのよ。でも、私がこの子たちと一緒にいたいと願ってしまったから……」

私の注いだ魔力が変な影響を与えて、寿命を延ばして、こんなことになってしまった。

もう楽にしてあげたい。

だけど私には、とてもじゃないけれど、この子たちに手を下すことができない。

私の孤独を癒してくれた、可愛いポポロアクタスと、ドンタナテスを……

「あなたなら、この子たちが苦しまないように……何かできるんじゃないかと思って」

「まさか、安楽死させろと？」

「…………」

「ですが、この子たちは、まだまだあなたと一緒にいたいと言っています」

「え……？」

ジワリと涙が浮かんだ。この子たちの感情、心の声は、以前まで私にも伝わっていたけれど、最近はそれすら微弱で、もう何を考えているのかよく分からなかった。

ユノーシスは、そういうのを私以上に敏感に聞き取ることができるようだ。

「でも……っ、とても苦しそうだもの。私がこんな姿にしてしまったのよ」

ユノーシスは少し考えて、纏っていたローブの内側から、細長い小瓶のようなものを取り出した。そして真面目な口調で私に言う。

「ならば双方の願いを叶えるために、一つ提案をしましょう。この子たちを〝精霊化〟するのはいかがでしょうか」

「せ……精霊化？　そんなことが可能なの？」

「ええ。精霊化して主従の契約を結べば、この二匹は永遠にあなたと一緒です。ただし精霊となれば、生も死もありません」

「……それって……生命として死ぬことができなくなる、ということ？」

それがこの二匹にとって良いことなのかどうなのか、分からない。

私が迷っていると、藁の中から這い出てきた二匹のドワーフハムスターが、ユノーシスを見上げチーチーと鳴いた。最後の力を振り絞って何かを訴えているようだった。

ユノーシスは耳を澄ませて、かよわき生物の心の声を聞き取ろうとしている。

「なるほど。この二匹には、すでにその覚悟があるようですよ、マキリエ。ならば僕は、この子たちの意思を尊重しましょう」

彼は懐から取り出した小瓶の蓋を指で外し、長い杖を掲げ、呪文を唱える。

「ユーリ・ユノー・レイ・シス――精霊と成り果て、主に仕えよ」

暖かい白い光が、二匹のドワーフハムスターだったものを包み込む。

眩い光に、私は思わず目を瞑ってしまったけれど……

「へけらっ」

目を開けたら愛おしい二匹のドワーフハムスターが、この森にやってきた頃の愛らしい姿でそこにいる。クシクシと毛づくろいをし、つぶらな黒目で私を見上げている。

「あ……ああ……ドンポポ……ッ」

私が感動で震えていると、こんな声が聞こえてきた。

「お嬢のためにまだ死ねないぽよ〜」

「一生のオトモを約束するでち〜」

……あれ？　やけに心の声が強く聞こえてくるな。ていうか何か、語尾が変？

ていうか……しゃべ……

「し、しゃべったああああああ！」

私は度肝を抜かれて飛び上がる。

心の声を聞くことはあっても、実際に喋るなんてことは無かったから。

「ふふふ。精霊は人間と同じ言語を発することができるのです」

「そんなの、先に言っといてよ！」

「……すみませんご存じかと思っていて。そういえば、マキリエは精霊とはあまり交流がありませんでしたね」

とかユノーシスは言っていたけれど、私はわあわあと声を上げて泣いていた。

ポポロアクタス。ドンタナテス。大好きな二匹が元気な姿でそこにいる。それが嬉しくて、嬉しくて。二匹を手のひらで掬って頬を擦りよせた。

小さなネズミの姿をしていながら、二匹はこれから先も〈紅の魔女〉の忠実な精霊として、ずっと側にいてくれる。

「何だか……意外な姿を見ました。最強最悪と有名な〈紅の魔女〉が、か弱い生物をこんなに可愛がっているなんて」

「うるさいわね。可愛がるわよ。猛烈にね！」

「はは。そういうところ、嫌いじゃないですよ」

「う、うるさい……っ、うう〜っ。でもありがとう、ユノーシス」

「……いいえ。どういたしまして」

私が素直にお礼を言ったからか、ユノーシスはまたクスクスと笑っていた。

彼の背後にいる精霊たちの空気も、なんだか少しだけ軟化した気がする。

「マキリエ。あなたの願いは叶えました。僕との約束も覚えておいてくださいね。魔法学校を共に作るという約束を」

ユノーシスは私にそう告げて、颯爽とこの小屋を去っていったのだった。

優しそうで温厚な、だけどどこか侮れない空気を纏う、魔術師らしい魔術師。

私は確かに〈白の賢者〉に、彼の魔法でしか為し得なかった願いを叶えてもらった。

だから私も、この男の「魔法学校を作りたい」という願いを叶えるため、力を尽くすこととなる。

第十一話　追憶（六）～三人の魔術師の約束～

雪国の獣たち
四肢を折られて繋がれた
黒の魔王の奴隷にされた

湖の精霊たち
騙されて鍋で煮込まれた
白の賢者に忠誠を誓うまで

美しき乙女たち
燃え果てるまで火炙りだ
紅の魔女は紅蓮のごとく嫉妬深い

ああ怖い

扉の向こうの魔法使い！


後世にも伝わり続ける、三大魔術師の童謡。

この歌を、子どもたちが口遊み始めたのは、いつ頃からだったか――

○

「こんな小島に、要塞のお城を作りたいの？　いよいよ賢者様が権力欲に溺れて、王様にでもなるつもりかしら？」

「違いますよマキリエ。僕はただ、誰もが自由に魔法を学べる学校を作りたいのです！」

「魔法の学校ねえ〜」

「ふん。南の国は暑くて敵わん。俺は帰る。グリミンドも辛そうだからな」

呼び出されてここまでやってきたけれど、早くも帰ろうとする黒の魔王トルク。

それを必死になって引き止めるユノーシス。

なんやかんや文句を言いつつも、私やトルクはユノーシスの〝夢〟とやらに付き合うことになる。

というわけで、この小島を散策し始める私たち。

ルスキア王国の南端にあるこの小島は、地脈から滲み出る魔力の溜まり場で、ただの人間たちは立ち入るだけで目眩や立ちくらみがしてくるという。なので無人島であり、未開の地であった。

この世界には、そういう〝魔力の溜まり場〟がいくつかあったりする。

西方にある、白の賢者の拠点でもある〝聖地〟は言わずもがな、このメイデーア最大の魔力の溜まり場であるが、私の住まう〝塩の森〟もそういう土地なのだと思う。

トルクも、自身の創った〝魔物の国〟の建国場所は、魔力の溜まり場を調べて選んだ、というようなことを言っていた。

「本当は世界の中心にある、あの大湖のド真ん中に魔法学校を作りたかったのですがね。あの場所は聖地に次ぐ、巨大な魔力の渦巻く土地です。しかし聖地と違って、未知なる溜まり場といいますか……どうにもあの場所は魔術師の魔力が乱れがちです。魔法学校を創設するには不向きでした」

ユノーシスが小島の様子を確認しながら、そんな話をして苦笑していた。

「ああ……星の大湖、ね」

「あそこはいつも霧が立ち込めていて、不気味な場所だ」

私やトルクにも覚えがあり、各々ぼやく。

「私もあの上を箒で飛ぼうとして、危うく墜落しかけたもの」

「それはお前が飛ばし過ぎだったんじゃないのか？　お前はいつも限界までスピードを出すだろう。いつもヒヤヒヤさせられる」

「だって。ぶっ飛ばしてかないと、気持ち良くないじゃない」

そう。この世界のド真ん中に、それはそれは巨大な湖がある。

星の大湖と呼ばれるその場所は、常に霧が立ち込めており全貌を拝むことはできない。

更には、遥か昔から奇怪なことが起こる場所として有名だった。

ゆえに、誰もあの湖を横断しようとは考えない。あの湖に行った者は、そのほとんどが行方知れずになってしまうからだ。

　私たちのような破格な魔力を持つ魔術師であっても、あの湖に立ち入ろうとすると、魔力が乱れ、心がざわつき、嫌な気持ちになるのだった。

　――絶対に入るな。

　誰がそう言っているのかもわからないのに、そう言われている気がする。

　そんな風に、魔力と心が乱れる場所に魔法学校を建てることなどできやしない。

　そこで白の賢者は、ルスキア王国の温暖な気候と豊かな植生に目をつけて、魔力の溜まり場だった小島に、魔法学校設立を目論んでいるようだった。

「僕たち三人の力があれば、世界中のどの城や大聖堂にも負けない、立派な学校を作れるはずです！」

ユノーシスの目は本気だった。いつもは何を考えているのかわからない白狸のジジイのくせして、今ばかりは少年のようなキラキラした目をしている。

「あなた方は、自身の力の本当の価値を知りません。壊す以外に、何か偉大なものを生み出すことができる、ということを知るべきです」

「こいつ偉そうだな」

「こいつ偉そうよね」

「偉そうではなく年の功です。僕はこの中で一番のジジイですからね」

トルクと私は珍しく横目に見合って、同じ感情のようなものを共有していた。

こいつが一番の問題児では？

外面がいいのがまた厄介ね。みたいな……

「しかし、魔法学校と言ったって箱だけ作ってどうするつもりだ。生徒を集めてもそこに魔法を教える教師がいなければ、教育機関として成り立たないだろう。そもそもルスキア王国の許可は下りているのか？」

トルクは至極真っ当な意見を述べた。

しかし、そこのところはユノーシスも抜かりなく準備をしているようで……

「魔法学校の運営に関しては、聖地がルスキア王国に掛け合っているところです。ルスキアの国王は聖地との密接な関わりを求めているようで、非常に協力的とのことですよ。魔法を教える教師は僕もいますし、僕の精霊たちも、さらには弟子たちもいます」

そしてユノーシスは、意味深に眉を寄せながら、思いがけない提案をしたのだった。

「本当はあなた方二人にも、魔法学校の教師になって頂きたいのですがね」

「は？　教師??」

私もトルクも、あからさまに困惑。

黒の魔王とか、紅の魔女とか呼ばれて恐れられているのよ、私たち。

最近じゃ、変な歌まで作られているし。

言うことを聞かない子どもたちを脅す、恐怖の代名詞になってるし。

そんな私たちに教師なんて務まる訳ないでしょ……と。

だけどユノーシスは大真面目に言うのだった。

「我々の寿命はとても長い。ですが、魔法学校という居所に留まり、次世代を育成し見送る日々は、この長い寿命に意味を与えてくれると思いますよ」

「…………」

この長い寿命に、意味……か。

確かに、私なんて本当に、何の意味もなく長い時間を生きてきた気がする。

だからこんな魔法の力を持っていたとしても、寂しくて、日々がつまらないと思ってしまうのだ。

しかし、トルクは腕を組んだまま、首を振ってその提案を拒否した。

「俺は無理だぞ。国の守りで忙しい。最近は情勢がきな臭いからな」

確かに、北の国々では常に戦争の影がつきまとう。

北の国々は豊かな土地を巡って、侵略したりされたりを繰り返しているのだ。

トルクの創った魔物の国も、北の小国家のうちの一つな訳だけれど、最近、周辺の小国家で小競り合いが頻発しているらしく、国の守りを強化しているのだとか。

「確かに、ここ最近は北方を中心に各国の情勢が不安定です。戦争の火種があちこちにある。ですが理不尽な侵略行為から魔物の国を守っているのも、あなたの空間魔法では？あなたの空間魔法は、争いを無力化するためにも次世代に繋ぐべき、尊い魔法なのです」

「ふん。そうやって俺を言いくるめるつもりか？　お前はいつもそうだ」

トルクは嫌みを言いながらも、悪い気はしていないようで。

「まあ……二十年、三十年後でもいいということであれば考えてやろう。情勢が落ち着き、息子のスクルートが育ったら、俺のような老体は目の上のたんこぶだろうし、王位を譲るつもりでいるからな。確かに俺たちの寿命は長いようだから、次の目的があってもいいのかもしれない」

「ええ、老後のセカンドライフは、ぜひ魔法学校で。よろしくお願い致します」

ユノーシスはトルクに念を押し、そしていつもの笑顔で私の方に向き直った。

「で、マキリエは？　あなたは暇でしょう？」

「はい？　喧嘩売ってんの？」

白狸の腹黒クソジジイめ。私を何だと思っているのか。

いや確かに、おっしゃる通り暇なんですけど……

「マキリエのような命名の魔女は、どの国にも必要とされていますし。あなたは意外と、生徒思いで面倒見がいいのではと思っていますよ」

「意外とって何よ、意外とって」

うーん、でも魔法学校の教師か……とそのシチュエーションを妄想してみた。

自分たちの造った理想のお城で、トルクやユノーシスと一緒に、未来ある学生たちを育成する日々。

それは何だか、素敵で、楽しくて、寂しくないかも……と思ってしまった。


そんなこんなで、白の賢者ユノーシス・バロメットの理想に付き合わされながら、私たちの砂のお城は造られていく。

各々の魔法の特徴を説明し合い、何ができるのかを検証して、構想を練り、建設の計画を立て、少しずつ少しずつ積み上げられていく。

例えば〈黒の魔王〉トルク。

彼は独自の空間魔法を利用して、島の形に合わせた建造物や街づくりなどの設計をし、建設の指揮をとった。この男は魔物の国での城造り街づくりの経験があり、そのノウハウがそっくりそのまま、生かされた。

例えば〈紅の魔女〉の私、マキリエ。

得意の〝糸の魔法〟を利用してそれらの建造を手伝い、また塩の石を提供した。

というのも、トルク曰く、以前、魔物の国で私がザーザー泣いてできた塩の石が、空間魔法の素材としても、ただの石材としても、とても優秀で、何かと役に立ったということだった。そこでこの魔法学校の建造物にも利用しよう、ということになり、わざわざ塩の森まで取りに行くのも面倒なので、必要な時は私が泣くことにしたのだった。片想いの切ない気持ちや、愛しのドワーフハムスターの精霊たちのことを想ったりして、泣いて、泣かされて、石化の魔法を使って、ひたすら塩の石を量産した……

例えば、〈白の賢者〉ユノーシス。

彼は契約している151の精霊たちに命じて、必要な素材を集めさせたり、土地を均し建造を手伝わせたりしていた。

また、様々なエリアに魔法の仕掛けを施すのを楽しんでいた。

例えば周囲の海ならば、この小島を守る海の精霊を配置したり、図書館には保管した本が劣化しないよう記録の精霊を配置したり、庭園の庭師として狐(きつね)の精霊を放ったり……

ユノーシスの精霊の中で最強を誇る山羊(やぎ)の精霊パン・ファウヌスが、学校の守りの最大の仕掛けになりそう、ということだった。

そうやって、南の小島に魔法をかけ、世にも奇妙な要塞じみた学校が作られていく。

それは後の、ルネ・ルスキア魔法学校――

かれこれ五年近くかかっただろうか。

黒の魔王も、白の賢者も、紅の魔女も、決して一人では造り上げることのできなかったであろう、夢の箱庭が完成した。

それはまるで、魔術師たちの培った魔法の〝全て〟を詰め込んだような、砂のお城。

「凄(すご)い。これを私たちが、造ったのね……」

いわゆる〝学園島〟が完成した時、私はどうしてかわからないけれど、猛烈に感動して、泣いてしまった。

きっと一生、忘れられない感動だろうと思った。恐れられてばかりだった私の魔法が、何かを生み出せると知った瞬間だった。

トルクやユノーシスだって、同じ気持ちに違いない。

「魔法学校というより、ガチガチに守り固めた要塞のようだけどな」

と、トルク。

「要塞で結構ですよ。そういう風に造ったのですから」

と、ユノーシスはしみじみ語る。

「魔術師という存在は、時の権力者の意向によって、良き存在にも悪(あ)しき存在にも変わってしまう。利用されることも多々ある。なので、いざという時、魔法を学ぶ生徒たちが理不尽な悪意から身を守れるような場所であればよいのです」

「そうは言っても、この学校に仕掛けられた魔法が、活躍する時なんてあるのかしら？」

「ふふ。無いにこしたことはありませんよ。ですが……この先、何が起こるかなんて未来のことはわかりませんから」

「………」

未来のことはわからない、か。

私はこの時のユノーシスの言葉を、何となく胸に留(とど)めておいた。

「まあ、それなりに充実した時間だった。目を片方、抉(えぐ)ることになるとは思わなかったが」

「私たちくらいの治癒能力があれば、片目くらい無くなっても、すぐに元どおりだけどね。

ていうか、あなたもともと、片方は眼帯じゃないのよ」

「眼帯の方の瞳は、魔物の国を造った代償だ。空間魔法で少し無茶をした。まあ若気の至りというやつだ。……こっちは治癒魔法で治ることはない」

「へえ〜。そういうもんなの。あなたの魔法って燃費悪くて、かわいそうよね」

そう。私たちは、自分たちの魔法学校にある仕掛けを施すため、それぞれの眼球を提供している。

　ユノーシスの魔法で片目を取り出し、すぐに治癒魔法をかけて再生させたので、痛くも痒くもなかったけれど……よくよく考えるとこれをやろうとするユノーシスも、あっさり受け入れた私やトルクも、普通じゃないわよね。

　しかしまあ、肉体の一部が強い魔力を帯びて、より強力な魔法を生み出すのは事実だ。

その手の魔法を得意として使っている、私が言うのだから。

「お二人とも、本当にありがとうございました。僕の夢に手を貸してくれて」

「ふん。これで、お前への借りは返したからな」

「ええ。わかっています」

そう言って、まずはユノーシスとトルクが手を取り合う。

何だか二人は、やけに清々しい顔をして、他にも色々と言葉を交わしていた。

そしてユノーシスは、私に向き合う。

「マキリエも。ありがとうございました。あなたは色々なものを、この学校に与えてくださった」

ユノーシスは私の手を両手で包んで、握りしめた。

この時の私たちの手は、長い長い砂遊びに夢中になった結果、擦り傷だらけで、ガサガサで、何だかそれが誇らしい。

「ユノーシス。私もこれで、あなたへの借りを返したわ。……でも、これで本当におしまいなのね」

魔法学校の完成はとても嬉しい。とても楽しかった。

三人で力を合わせ、同じ目標を持って、これを作り出したことが誇りだ。この時間が永遠に続けばいいのにと思ったくらいだ。

そう思ったら、何だか急に寂しくなって、ポロポロと涙が溢れた。

「寂しいのですか、マキリエ」

「アハハハハ……ッ、そんなはずないでしょう。これでやっと、重労働から解放されるって、清々してるわ。最後に塩の石を量産してあげてるだけ！」

「……マキリエ。あなたは本当に天邪鬼ですね。高笑いしながら泣くなんて。もう少し、素直になったらよろしいのでは？」

「うるさい。白狸のクソジジイ」

呆れるユノーシスに向かって、悪態をつく私。

本当は、二人と離れ離れになって、また一人になってしまうのが悲しかった。

この瞬間がいつかやってくることを、私はずっと恐れていた。

ここでもっと素直に、泣いている理由を言えればよかった……

「大丈夫。色々と準備が整ったら、この魔法学校にあなたを呼びます。約束です」

白の賢者ユノーシスは私の肩に手を置いて、まるで子どもを諭すような声音で、そう約束してくれた。

「何があっても、我々は再びこの学校に集う。そういう仕掛けをしたのだから。三人が揃わなければ、開かない扉があるのです」

「………」

「扉の向こうの魔法使い。それが僕たちの……約束」

白の賢者ユノーシス。

黒の魔王トルク。

そして、紅の魔女マキリエ。

私たちは魔法を通じて、お互いに、言葉では表しきれない信頼を紡ぎ、その全てをこの魔法学校に注ぎ込んだと思うのだ。

私は白の賢者の言葉を信じて、再びトルクやユノーシスと共に、ここに集う日を待つことにした。

待っていれば、この楽しかった日々が、再びやってくる。

それを長い人生の生きがいにして。

しかし、私たちが生きている間に、この約束が叶うことは無かった。

私たちが南の小島で箱庭作りに夢中になっている間に、時代というのは刻一刻と進んでいて、世界の情勢は良くないほうへ、良くない方へと向かっていた。


ある日、一体の魔物が、北の大国エルメデス帝国の王太子夫妻を、それはもう残酷に食い散らかしたという。

それだけではなく、魔物たちが各国で同時多発的に暴走し、いくつもの村で人間たちを食い散らかし、皆殺しにしたという。

それを命じたのは、黒の魔王——

黒の魔王はそれを否定したが、全ては魔物の国の仕業だということになり、人間たちは魔物の国を共通の悪とみなして、団結しつつあった。

そしてある日、魔物の国の子どもたちが数人攫われて、まるで仕返しのごとく人間たちに嬲り殺しにされた。

黒の魔王は、最初こそ戦争の引き金にならないよう慎重に事を進め、自国の潔白を訴えていたという。しかしこの事件をきっかけに、周辺諸国との全面的な戦争に突入した。

まるで誰かがそれを仕組んだように、魔物の国は悪者に仕立て上げられた。

それを止める間も無かったし、もはや引き返せないほど、魔物と人間たちは憎しみ合っていた。

白の賢者ならば、この双方の間の戦いを止められたかもしれない。

だけど、この時、白の賢者もまた西の地を離れることができなくなっていた。

というのも最近、西方で未知の病が広まり、多くの人が犠牲となっていた。

白の賢者は、病にかかった人々を助けるために死力を尽くしていた。しかしこの病もまた、黒の魔王の治める魔物の国の陰謀であるという噂が広まり、白の賢者がそれを否定したことで、難しい立場に追いやられているらしい。

何もかもが、まるで、示し合わせたかのよう。

誰にも、この時代の流れを止めることはできなかった。

これらの〈黒の魔王〉や〈白の賢者〉の噂は、精霊の二匹のドワーフハムスターに集めてもらった。二匹はこと諜報に関して、非常に優秀な能力を有していた。

私は二人の力になりたいと思い、魔物の国や、聖地に赴いた。

しかし、魔物の国にも、聖地にも、私は立ち入ることを許されなかった。

後になって思えば、三大魔術師を世界の敵に仕立て上げようという裏の動きがあったことから、二人は私を巻き込まないようにしていたのだと思う。

だけどそれは、結局のところ——

彼らの人生において、私は赤の他人だったということだ。

第十二話　追憶（七）～片想いから始まる物語～

私は、星の大湖の湖北に広がる、荒野に立っていた。

黒の魔王トルクが、この場所で討たれて死んだ、と聞いたからだ。


しかし戦場には魔物と人間の多くの屍(しかばね)が、折り重なって横たわっていただけ。

折れた矢、血塗られた剣が、あちこちの屍に墓標のごとく突き刺さっている。

魔法の痕跡もあちこちにあり、焼けただれた魔物の遺体や、不自然な形で肉体を欠損している人間の遺体など、無慈悲にゴロゴロと転がっていた。

死臭と、煙と、魔法の残り香の中を、私は捜した。

夜になるまで捜しても、黒の魔王トルクに関するものは、見つからなかった。

「トルク……」

しかし、よくよく考えたら、黒の魔王とまで呼ばれたトルクのような魔術師が、そう簡単に人間に討たれて死ぬはずがない。

黒の魔王が死んだという噂も、どこかの情報戦で操作された話か、そういう風にトルク側が偽っているかの話なのだろう。

あの学園島を造って以降――ここ二年ほど、トルクとは会えていない。

それだけ会えなければ、気持ちが変わってもおかしくないのに、私はやはり、あの男への恋心を忘れることができなかった。

塩の森まで会いに来てくれたあの人に、私は初々しい恋をした。会えたなら、今度こそたとえ受け止めてもらえなくても、素直に気持ちを伝えたかった。

彼の唯一の人になりたかった訳ではない。

報われたい訳ではない。

黒の魔王の、大勢の家族のうちの〝一人〟にもなれないのなら、せめて何か役に立ちたかった。彼の守りたいものを守って、一人静かに死んだってよかった。

会いたい。

なのに、どこへ行っても会えない。

「……？」

そんな時だった。

この戦場の真上を覆うような星空に、異様な気配を感じた。

空を見上げると、夥しい数の星が、異様に強く光を放っていた。

「え……」

その星は、瞬く間に流星となって紺碧の夜空を駆け巡り、この世界の形を象るような、光の帯を描いている。こんな流星群は初めて見た。

今ばかりは、大湖を覆う霧が晴れていて、無数の流星が広大な湖に映り込んで綺麗だった。ああ、だから星の大湖と呼ばれているのだろうか。

異様なほど澄んだ音が、一帯に鳴り響いている気がする。

私はひたすら目を見開いて、美しくも恐ろしいこの光景を、星の行方を追っていた。

どうしてだろう。胸騒ぎがする。

何だかこの世界が、私に向かって、宣戦布告している気がして——


流星群が流れる間、体を抱いて自分を守るような体勢を取っていた。

しばらくして流星群が落ち着き、いつもの静寂の夜空に戻る。

「……終わったの？」

何が何だか分からなかったけれど、気がつけば嫌な汗をかいていた。

ふらふらと、おぼつかない足取りで立ち上がると、

「!?」

背後から私のローブの裾を引っ張る力を感じて、私はバッと後ろを振り返る。ここは戦

場だ。何者が私に襲いかかるかわからないから。

「……え」

しかしそこに立っていたのは、予想外にも幼い男の子だった。

十歳くらいだろうか。いやもっと幼いかもしれない。

「お前が、紅の魔女マキリエか」

美しい金髪に、柘榴色の瞳……

愛想のない鋭い目つきの少年が、私に問いかける。

この子はこの私がゾッとするほど、どこか人間離れした雰囲気を纏っている。

あまり見ない変わった格好をしているが、その格好をどのように説明していいのかわからない。そして腰に、短剣のようなものをさしている。

そもそも、どうしてこんなところに幼い子どもがいるのだろうか。

「な、何よあんた。私に何の用……っ」

戦場では子どもも敵陣に放り込まれて、命を落とす覚悟で特攻させられると聞いたことがある。この子もそういう類だろうか。

そう思ってしまうほど感情を感じられず、視線が鋭い。

私はその子を警戒し続けていたのだが、その子はじっと私を見上げて、何かを差し出しながら、予想外な言葉を口にした。

「ずっと、会いたかった」


彼が差し出していたのは、一輪の野花。

この戦場に咲いていたのか、少しくたっとしているけれど、どこかで見たことのあるような、可憐な白い色の花を咲かせている。

私はゆっくりと目を見開いた。

その花が、言葉が、どこまでも純粋に、胸を打ったから。

私は少々戸惑ってしまっていたけれど、その子の目がなんだかとても無感情で、淀んでいて、まるで、この戦場の血だまりのようだと思った。

でも底知れぬ寂しさのようなものがある気がして、強く興味を惹かれた。

「あなた、親は」

「……いない」

「兄弟や親戚は」

「……いない」

「なら、どうして私に会いたかったの。私、あなたに会ったのは初めてだと思うけれど」

その子は何も答えず、ただ私を見つめて、白い野花を差し出している。

私はしゃがみこみ、その野花を受け取った。

そして子どもに視線を合わせて、もう一つ、大事なことを問いかけた。

「……あなた、名前は？」

「名前は……ない」

「そう。じゃあ、私が名付けてあげる。この花のお礼に、特別にね」

それはただの、紅の魔女の気まぐれだったのかもしれない。

だけどきっと、これが運命の分かれ道。

それは、この救いの世界で、本当は誰もが最初に与えられる祝福。

私は、その子に、名を与えてしまったのだ。


「そうね、あなたは、カノン」


この時の私は、まだ知らない。

この子が私に近づいた理由。

のちに、私たちの〝死神〟になるということ。

「カノン。カノン。……うん。この名前がいいわ。絶対にね。何を考えるより先に、頭に降りてきたんだもの。それっていい名前の証拠よ」

「……カノン」

その子は、自分に与えられたその名を唱えた。

特に文句を言うこともなく、嬉しそうにするでもなく。

「ねえ。あなたどこから来たの？」

「遠い、異世界から」

「異世界？　変なことを言う子ねえ。もしかして奴隷商から逃げて来たの？　それとも戦争孤児？　行くところがないの？」

「……ない」

「ふーん。そう。じゃあ、私の家に来る？　超絶田舎の森の中だけど、あなた、魔力を溜め込んでそうな、変わった色の瞳をしているから。少しくらいなら魔法を教えてあげてもいいわ。嫌になったら、勝手に出て行けばいいのだし」

「……ああ。それでいい」

「本当にいいのぉ？　紅の魔女は女や子どもを攫って食べるそうよ」

「……構わない」

「構わないって。ふん。脅しがいの無い子ね。……じゃ、行きましょうか」

そう言って手を差し伸べる。

すると、その男の子の淀んだ瞳に、小さな光がポツリと灯った。

その子はゆっくりと、しかし確かめるように私の手を取り、握りしめる。

「ふふっ。お腹空いているでしょう？　あんた痩せっぽっちだもの。帰ったら、クルミのパンを焼いて、かぼちゃのスープを作ってあげる。あと、塩リンゴのパイもね。私、これでも結構、料理上手なのよ」

この子が何者であるのか。

何のために私に近づいたのか。

当時の私は何ひとつ知らずにいたのに、私の手を握るその小さな温もりに、妙な胸の疼きを感じたのを覚えている。

きっと私は、家族が欲しかったのだ。

同じような力を持つ〈黒の魔王〉と〈白の賢者〉には、何かをたった一つしか守れない状況に陥った時に、迷わず選べる、愛する者たちがいる。

彼らの〝たった一人〟に、私がなれることはない。

私だけがひとりぼっちで、誰かの特別でもなくて、愛されてもいなくて、必要ともされていなくて……でもそれを、どうすることもできない。

だから、名前もなく身寄りもない、帰る場所すらもないその子を放っておくことができなかった。だってその子は、私に「会いたかった」と言いながら、今まで見た子どもの中で、誰より寂しい目をしていたから。寂しいのは、辛いから。

私の愛弟子、カノン。

後に〈トネリコの勇者〉として、歴史に名を残す者。

彼は、最後に、私を殺せずに私と共に死ぬ……救世主の男の子。


戦場で拾った不思議な子ども、カノンと暮らし始めて、約半年——

「カノン！　カノン、どこへ行ったの！」

あの子は気がつくと、いつもいない。

嫌になったら勝手に出て行けばいい、と言ったのは自分であるはずなのに、本当にどこかへ行ってしまったのではないかと思って、不安になって森の中を捜す。

そうすると、カノンはすぐに森の奥から戻ってきて、私の前に姿を現すのだった。

「もう！　小屋を出る時は、せめてひと言声をかけて行きなさいって、いつも言ってるでしょう。心配しちゃったじゃない！」

「……すまない」

「すまない、って」

相変わらず、大人みたいな言葉を発する。

「ていうか泥だらけじゃない。何をやっていたの？　まあ、あんたくらいの歳の男の子ってそういうものなのかもしれないけど。塩の森は子どもには刺激的でしょうしね」

私はハンカチを取り出して、カノンの頬についた泥を拭う。

カノンは嫌がるでも嬉しがるでもなく、無表情で、されるがまま。

だけどその手には、真っ赤な花が握られていた。

「それ……何の花？　見たことのない花だわ」

「アネモネだ」

カノンはボソッと答えた。

「アネモネ……？　この森にそんな真っ赤な花、咲いていたかしら」

塩の森の植物って、基本、白っぽいものばかりなのに。

「森の奥に咲いていた。どこからか種が飛んで来たのか、ここ最近見かけるようになった」

「へえ。そうなんだ。私も今度探してみようかしら……」

そのアネモネの花を私の方に差し出しながら、カノンは視線を少し横に逸らした。

「マキリエの……髪の色に似ていると思った」

「まあ。くれるの？　あんたも男の子ねえ〜、可愛いとこがあるじゃない」

初めて出会った時と同じシチュエーションだ。

何だか嬉しくなって、花を受け取りながらワシワシと金色の細い髪を撫で、ギュッと抱きしめる。カノンはやはり、されるがままだった。

――カノン。

金色の髪と柘榴色の瞳を持つ、十歳前後の少年。

カノンは、一言で言うならば、全くもって子どもらしくない子だった。

口調もおよそ十歳前後の子どもとは思えないほど落ち着いていて、表情に乏しく、その目は常に曇っている。とにかく無口で、自分のことはほとんど話さないので、いまだに出生もわからない謎だらけの子どもだ。

しかし時々、私のために花を摘んできてくれるような、優しい子だった。

「マキリエ。君は、アネモネの花言葉を知っているか」

「んー。知らないわねえ。カノンは知ってるの？」

カノンは私の腕の中で、淡々と告げる。

「あなたを愛している」

その言葉に、ドキッとさせられた。

カノンのような子どもが言うセリフではないのに、花言葉を声でなぞっただけにしては、妙に大人びた声音で、切なく響いたのだった。

私は、抱きしめていたカノンを解放する。

彼は僅かに視線を落としたまま、相変わらず淡々とした声で続けた。

「だが、叶(かな)わない恋の、愛している」

「……あなた、どこでそんなこと知ったの？　ませた子どもね。びっくりしちゃった」

カノンは、特に何も答えなかった。

その代わり、私をじっと見てこんな質問をする。

「マキリエは、恋をしたことがあるのか」

「え？　アハハッ。それをこの紅(くれない)の魔女様に聞くぅ？　まあ、無かった訳じゃないわね。それも、叶わない恋の方だったけど」

私はしゃがんだまま頬杖(ほおづえ)をついて、今もまだ心の何処(どこ)かにくすぶっている、あの初恋を思い出す。

「あんたと出会ったあの日も、本当はね、初恋の人に会いに行ったのよ。戦場で死んだって聞いて、いてもたってもいられなくて。でも会えなかった。結局、今もまだあの男の噂(うわさ)が聞こえてくるから死んでなかった訳だしね。……そう。代わりに、あの戦場であなたを拾ったの」

「……代わりでもいい」

「え？」

「マキリエが寂しくなければ、それでいい」

「…………」

そういう意味で、代わりだと言った訳ではないのに。

だけどカノンは、淡々と告げた。

「君は優しい魔女だと思う。俺はマキリエが、とても好きだよ」

私は目をジワジワと見開いて、驚いている。

そして、何だか少し泣きそうになっている。

他人に「好きだ」と言われたのは、本当に、いつ以来だっただろうか。

きっとそれは、親や兄弟なんかに向けた「好き」に近いものなのだろうけど、そういう愛情すら、私はずっと昔に失ってしまったから……

カノンはというと、至って真剣な、凛々しい眼差しだった。

本当に子どもらしくない。だけど、カノンなりに私の孤独を見抜き、慰めてくれたのかもしれないと思うと、この子がとても愛おしい。

「……アハハハッ！　本当にませた子どもだこと。あなた中身が大人なんじゃない？　またまた、びっくりしちゃった」

泣きそうになったのを笑って誤魔化し、立ち上がって、スカートを叩く。

「さあ、お家へ帰りましょう」

そしてカノンの手を引いて、夕焼けに照らされた白い森の小道を歩いて、我が家に戻る。

世界では、あちこちで大きな戦争が起きている。それは年々激しくなっていて、ここルスキア王国だって、その大きな戦争の渦に巻き込まれつつある。

それでもこの辺はまだまだ平和で、混沌とした世界とは裏腹に、私たちはとても穏やかな日々を送っていた。

塩の森の中にある〈紅の魔女〉の小屋は、この時には既に、私とカノンの二人で暮らしやすい仕様に変わっていた。

ベッドも二台あったし、椅子も二脚。

ティーカップやフォークやナイフ、お皿などの食器も、二セット。

味気なかった室内も、日々カノンが摘んできてくれる野花や、一緒に作ったドライフラワーで、色とりどりに飾られていた。そして毎日、甘いリンゴの香りで満ちている。

「カノン。何か食べたいものあるぅ？　アネモネのお返しに、好きなもの作ってあげるわよ」

私はカノンから貰った一輪のアネモネを、小瓶にさして窓辺に飾りながら、尋ねた。

カノンは泥だらけの服を着替えながら、

「別に、何でも」

と。相変わらずの無愛想だ。

「あなたってほんと、好き嫌いないわよね」

「どれも……マキリエが作ったものなら美味い」

「………………」

ふーん。可愛いこと言うじゃない。

私に放り出されると困るからか。それともただ単に私が喜ぶと思っているからか。

カノンは口数こそ少ないが、私の喜ぶようなこと、私を肯定するような言葉を、ポッリと言ってくれることがある。無表情で少々目つきが鋭くても、行動や言葉の端々から、私への気遣いのようなものが伝わってくるのだった。

そんなカノンのことが、私だって可愛い。

だって私は、この子の名付け親だ。

この子はいつか、とても大きなことを為す、偉大な人物になるのではないだろうか。

名を与えた瞬間から、私にはずっと、そんな予感があった。

だからこそ、あんなところで醜い争いに巻き込まれて死んで欲しくなくて、彼を塩の森へと連れてきた。衣食住を提供し、家の手伝いをあれこれさせる代わりに、私の教えられる範囲で魔法を教え、最低限の教養を与えたのだ。

でもね、私が教える必要なんて、あったのかしら……

そう思ってしまうくらい、カノンは何でも難なくこなしていた。

最初から読み書きもできたし、どこで習ったのか、体術や剣術の心得もあった。

魔法も最初から、少しだけ使えた。

苦手なのは唯一料理くらいで、何をさせても焦げ付かせてしまうし、煮込むタイプの魔法薬の調合も絶対に失敗してしまうから、私が思うに【火】を使った魔法に適性が無いのかも……

言いつけた家事や薪拾いなんかは、私が言わなくても率先してやるような子だったし、よく魚を釣ってきてくれたり、野鳥を獲ってきてくれたり、キノコや、私の好きな塩リンゴを集めてきてくれたりした。私と一緒に畑仕事もやってくれた。本当に、手がかからない、健気な良い子だった。

時々、何も言わずにふらっと小屋を出て行って、服を汚して帰ってくることが多かったから、それを叱るくらいで……

だけど、叱った後は必ずぎゅっと抱きしめた。

祖母や、母や父が私にしてくれたようなことを思い出して、この子にしてあげていた。

私は、家族が欲しかった。

母になりたかった。

幸せな恋をして、結婚をして、子を産み育てるという、子どもの頃に漠然と思い描いた夢を叶えることはできそうにないけれど……

この〝幼ごころ〟を忘れられないまま、私はカノンと出会ったのだ。

この頃には、世の母の、我が子を愛してやまない気持ちを少しだけ理解できたかもしれないと思えるくらい、私にとってカノンの存在はとても大きなものになっていたと思う。

たとえそれが、血の繋がりのない、あくまで師匠と弟子という関係の、奇妙な家族だったとしても。

実らなかった恋心。

叶いそうにない約束。

ひとりぼっちの孤独を癒されていたのは、きっと私の方だった。

第十三話　追憶（八）～トネリコの救世主～

それから十年――

私は相変わらず歳を取ることができなかったけれど、カノンの方は、気がつけば立派な青年に成長していた。

買い出しのために変装し、カノンをちょっとした都会に連れて行けば、若い娘がこぞってキャーキャーと騒ぐくらいには見目麗しい年頃の男。

金髪だし、珍しい色の瞳をしているし、背も高くて大人びているし、我が弟子ながら良い男に育ったと思う。ぶっちゃけそこらの王子様より、王子様みたいよ。

だけど、カノンは年頃になっても、娘たちに興味を示すこともなく恋人を作ろうともせず、相変わらず他人に対し愛想のカケラも無かった。

「あなたね、ちょっとは愛想よくしなさいよ。そんなのじゃあ、いいお嫁さんが来てくれないわよ」

私が母親面して口煩く言うと、カノンはとっても面倒臭そうな顔をして、

「来てくれなくて結構だ。俺にはマキリエがいる」

愛想はないが、唐突にこういうことを言う。

「ふん。全く。あなたのこの先が思いやられるわ。そんなお母さん子になっちゃって！」

まんざらでもない私。

その辺の小娘に、大事なカノンをくれてやるつもりは、まだまだ無いのである。

「俺は別に、マキリエを母と思ってないが」

「え？　じゃあ何？　まさかおばあちゃん⁉」

「…………」

側から見れば、私とカノンは同年代の若い男女の夫婦にも思えただろう。むしろ見た目の年齢で言えば、私よりカノンの方が、もうずっと年上に見えたかもしれない。

だけど私にとって、カノンは相変わらず拾った頃の子どものまま。

誰より大事で可愛い自慢の弟子であり、家族であり、我が子だった。いつまでも一緒にいられるのだと思っていた。

しかし、大人になったカノンは時々、物憂げな瞳をして、遠い空の向こうを見ていることがあった。

まるで、どこか、帰りたい場所でもあるかのように。

「んー」

高い戸棚に仕舞ったものを取ろうとした時、カノンが後ろからヒョイと取って、私に渡してくれたことがあった。

「……あなた、図体ばかりでかくなって」

「そんなことで文句を言われても困る」

「文句じゃないわよ、褒めてるのよ。大きくなって偉いわねって」

そう言って、カノンの頭をワシワシ撫でる。

昔は私が屈んであげないといけなかったのに、今となっては頭を撫でるにしても、私の方が爪先立ちをしなければならなくなっている。

自分がもう成長しないからか、カノンのここ十年の目覚しい成長が、私にはとても感慨深かったのだ。

「俺はもう子どもじゃないぞ」

ただ、カノンは子ども扱いされることが不服らしく、大人びた表情で目を細めた。

「生意気言うんじゃないわよ。私からするとあなたなんてまだまだ子どもよ」

「…………」

さて。私は高い戸棚から取ったものを机の上に置いた。

それはかつて、黒の魔王トルク・トワイライトなる男から贈られた、魔法のバスケット。

その中に、私はよく季節の変わり目で使わなくなるものを仕舞い込んでいる。最近少し寒くなってきたから、バスケットに手を突っ込んで、中を探り、お気に入りのブランケットを取り出そうとしていたのだった。

黒の魔王……か。

彼は今も、魔物たちを束ねる悪の象徴として、かの魔物の国に君臨している。

世界共通の敵のように言われ、殺し殺され、憎み憎まれ……それを繰り返しすぎた人間と魔物たちの戦いは、何年経っても終わりが見えない。

もう、随分と長く会っていないけれど、どうしているかしら。

トルクだけではなく、魔物の国に住むシーヴやスクルート、オディリール姉妹は、きっと大変な思いをしているだろうが、元気に暮らしているだろうか……

「マキリエ」

「ん？」

背後からカノンの声がして、何気なく振り返った。

それと同時に、カノンによって腕を捕まれ、喉元に短剣の切っ先を突きつけられる。

「え」

間抜けな声が出てしまったけれど、私を見下ろすカノンの柘榴色の瞳は殺気のようなものを帯び、冷たく煌めいた。

「……今、マキリエは一度死んだ。これでもマキリエは俺を子どもだと思えるのか」

私は驚きのあまり仰け反って、硬直して、しばらく目も口も丸くさせていたと思う。

「な、な、な……」

そして、

「あなた！　お師匠様に向かって何やってんのよ！」

ブチ切れて、カノンの胸ぐらを摑んで、床に押し倒す。カノンはというと、器用にも私に短剣の刃が当たらないよう気をつけている。

ああ。これが世に聞く反抗期というやつだろうか。

男の子って皆こんな風に、母親に反抗し始めるものなのかしら……

カノンはガミガミ言っている私のことを「重い。どけ」とか言って、押しながら起き上がり、シレッとした顔で短剣を鞘に仕舞う。やっぱり反抗期だわ。

そういえば……

この短剣は、私がカノンを拾った時からずっと、彼が腰に下げていたものだった。

以前、それは何なのかと尋ねた時、はっきりとは答えてくれなかったから、私もあまり詮索せずにいたけれど。

「ねえ、その短剣、結局あなたの何なの？　親の形見か何か？」

「……そんなところだ」

「大切なものなの？」

「ああ。何よりも」

はっきりとそう言ったカノンの目は、時折見せる、憂いのある目をしていた。

「ふーん。あなたもしかして、生まれ故郷に帰りたいの？　本当は両親に会いたいとか？　生みの親より育ての親と言うのに」

それが何だか気に入らなくて、私は腕を組んでふいと外方を向く。

最近、カノンが遠くを見ていることが多かったので、私は彼が故郷や本当の両親を懐かしがっているのでは、と思っていたのだった。

ふらっとここを出て行ってしまうのでは……と、そんな心配もある。

カノンは少々、困ったように眉を寄せていた。

「そういうところで、すぐ拗ねる。マキリエは俺を子ども扱いするが、最近はマキリエの方が子どものようだ。というかマキリエはずっと子どもだ」

「あ！　ほらやっぱり反抗期だわ。そうやっていつか、私のことを鬱陶しがって、毛嫌いするようになって、外の世界に憧れてこの家を飛び出して行くんでしょ。かつて私もそうだったわ」

「…………」

「ま、まさか本当に出て行くつもりなの？」

カノンが無言になって何も答えなかったので、私はオロオロしてしまった。

かつての自分もそうだったように、カノンはいつか、この家を巣立つ。

どうしてか、その予感は日に日に増している。その日を想像しただけで、私は子どものように泣きそうになってしまっていた。

嫌になったら、勝手に出て行けばいい……

初めて出会ったあの日に、そう言ったのは私なのにね。

何だかたまらない気持ちになり、私はカノンに背を向けた。

ここで泣いたり、わがままなことを言ったりしたら、カノンをこの場所に縛り付けることになるのではないか。

結局のところ、それも嫌で、これ以上何も言ってしまわないよう、自分の気持ちを抑え込んでいた。

カノンはしばらく黙っていたが、私の肩に、取り出したばかりのブランケットをかけながら、とても大人びた、印象的な声音で囁(ささや)く。

「マキリエ。俺はマキリエが一番大事だ。この先どうなろうとも、これだけは、確かなことだ」

「………」

「俺はきっと、何だってするだろう。寂しがりやの君が、最後に辿(たど)り着く場所で、幸せになれるように」

「……え？」

　最後に辿り着く場所？

　この言葉が、何だかとても意味深で……

　しかしカノンは、特に何か説明するでもなく、私からスッと離れた。

「狩りに行ってくる」

「……そのまま帰ってこなかったり？」

「心配するな。夕方には戻ってくる。……まったく」

　カノンはやや面倒くさそうにため息をつき、さくさく荷物の準備をして、日課の狩りに出ようとしている。私はハッとして、急いでクルミパンとチーズと干し肉を紙に包み、この小屋を出る直前のカノンに渡した。

「気をつけていってらっしゃいね。この辺も最近じゃ少し物騒だから。魔物がこの辺まで来ているというし、ルスキアの兵士が近くをうろついているのも見たわ」

「大丈夫だ。十分に気をつける」

「あ。魔法を使ったら定期的に森の塩リンゴを食べて、魔力を回復させるのよ。あんた器用に魔法を使うけれど、魔力はすぐに尽きちゃうから。いいわね」

「だから、子ども扱いするなと言っただろう」

はあ……と、またため息をついて、カノンは包みを受け取る。

そして大人の男の大きな手で、私の頭をポンポンと軽く叩き、扉を開けて出て行った。

最近は、カノンの方が私を子ども扱いする……生意気……

私は自身の頭に手をのせながら、そこのところにもやもやっとしているのだった。

でも、今日のカノンは、何だか少し様子がおかしかった。

私に短剣の刃を突きつけた時、その瞳には本当に殺気が篭っていたように思え、私は僅かながら命の危機と、底知れぬ恐怖を感じたのだった。

でも、それはカノンに対してというよりは、あの短剣に対して……だったのかも知れない。よくわからないけれど。

それに、カノンは何だか、意味深なことも言っていた。

「最後に辿り着く場所で、幸せに……か」

当のカノンは、今、幸せなんだろうか。


夕食のためのシチューを煮込み、窓の外が茜色に染まるのを見て、ちゃんとカノンが戻ってくるだろうか、とか思っていると、

「!?」

どこかで大きな、衝突音のようなものが聞こえた。とても大きな魔法の波動が、ビリビリと伝わってきて、私は慌てて小屋を飛び出し魔力の発生源へと向かう。

すると、塩の森の開けた場所で、二人の男が剣を向け合い睨み合っていた。

「……え？」

一人は、私の弟子カノンだ。

しかし驚いたことに、そのカノンと対峙していたのは、十年以上会うことのなかった、黒の魔王トルク・トワイライトだった。

ど、どうしてトルクが塩の森に？

そしてなぜ、カノンと睨み合っているの？

塩の森の石や木が、砕けて散乱しているので、さっきの衝突音で何かしら魔法の攻撃があったのだろうと考えた。

何より、カノンが腕に怪我をして血を流している。

「カノン！」

私は青ざめ、カノンに駆け寄って、急いでその腕の傷に治癒魔法をかける。

そして戸惑いの表情で、ここにいるトルクを見た。

この人は本当に、あの、黒の魔王のトルク？

トルクは相変わらず歳を取っておらず、黒髪に切れ長の瞳を持つ絶世の美男子であったが、その表情は以前よりもずっと険しく、多くの辛い戦いを経験し、多くの死を見たような、殺伐とした目をしていた。

「トルク、あなた……」

「久しいな、紅の魔女マキリエ」

彼に名を唱えられるのは、本当に久々だった。

しかし、トルクが手に持つ剣には血がついている。私はすぐに、カノンを斬ったのはトルクだと察した。

「黒の魔王トルク！　これはどういうこと！　説明してちょうだい！」

私はトルクを睨み、声を張り上げる。

彼は淡々としたまま、

「そこにいる男は危険だ、マキリエ」

そう、私に告げた。

「な、何を言って……」

私には、トルクの言っていることの意味が、全くわからなかった。

トルクは私とカノンを交互に見て、話を続ける。

「マキリエ。お前は〝救世主伝説〟というものを知っているか」

「救世主？　いいえ……」

「時代が混迷した時、異世界より救世主が召喚される。その手の迷信じみた伝説だ。かつてこの話を〈白の賢者〉に聞いた時、俺は嘘くさいと鼻で笑ったものだが……どうやら救世主は本当にいて、すでにこの世に召喚されているらしい。これは聖地の確かな情報だ」

「聖地の情報？　でも、それがいったい何だって言うのよ。私やカノンには関係ないわ！」

「では、十年前の湖北の戦いで流星が降ったのを、お前は知らないか？」

「……流星？」

それはもちろん覚えている。

私はあの日、トルクを捜しに行って、大湖のほとりでカノンと出会ったのだもの。

トルクは、そのカノンに向けて、手に持つ剣の切っ先を向けた。

「流星は、救世主が異世界より現れることを示す福音。そう……貴様が異世界より現れたという、救世主だろう」

私はジワリと、目を見開いた。

どこでどうカノンの存在を知ったのかは分からないが、トルクはカノンを、伝説の救世主だと確信しているらしい。

「貴様。マキリエに近づいて、何をしようとしている」

カノンは何を言われても、だんまりだった。ただトルクを睨んでいる。

その目つき、視線は、私の知っているカノンとはまるで違う。静かな殺気に染まった、とても冷たい瞳をしている。

そんなカノンを見て、トルクはますますカノンを警戒した。

「救世主などというものは、所詮人間の味方だ。魔物の国にとっては危険な存在でしかない。貴様が人間たちに……聖地の〈白の賢者〉に見つかる前に、ここで殺す」

トルクは自身の周囲に〝黒の箱(ブラック・ボックス)〟を展開した。

それは、黒いキューブ状の特殊な魔法道具であり、トルクが、自身の魔法を使うために毎回使用するもの。

トルクは本気だ。彼は、カノンを殺すためにここへ来たのだ。

私は咄嗟(とっさ)にそう判断し、

「カノンに手を出したら、あなたでも許さないわ、トルク」

カノンの前に立って両手を広げ、トルクを睨む。

「どけ、マキリエ！　お前まで俺に斬られたいのか！」

「どかないわ！　あなたがカノンを殺すというのなら、その前に私があなたを殺す！」

「……っ、マキリエ」

目の前にいるのは、かつて私が恋をした男。

しかし、私は杖(つえ)を構えた。

カノンを守ることに一切の躊躇もなく、強い意志と共に真っ赤な魔力が体内から湧き立つのを、私自身が強く感じている。

私の迷いのない姿を見て、トルクはグッと目元に力を入れ、一度剣を下ろした。

そして、私に問いかける。

「……そんなにその男が大事か、マキリエ。そいつはお前の何だ」

私にとって、カノンは何なのか。

私は、考える間も無く、迷いなくはっきりと答えた。


「カノンは、私の家族よ」


私がずっと欲しかったもの。

それを与えてくれたのは、あなたではなくカノンだった。ただそれだけのこと。

「私はカノンが、この世界で一番大事だもの」

言いながら、ボロボロと泣いていた。

「カノンだけが私と一緒にいてくれた。カノンだけが、私を寂しがりやだと気がついてくれた。カノンだけが……私を一番大事だと言ってくれたのよ」

こぼれ落ちた涙が、足元でコロコロした塩の石に変わる。

トルクは私の涙を見てハッとしていた。もしかしたら、私たちが初めて出会ったあの日のことを、思い出したのかも知れない。

「ねえトルク。私、あなたのことが好きだった」

だから、私はこの時、ずっと言えなかった言葉を告げた。

「あなたに恋をしていたのよ。知らなかったでしょう？」

「…………」

「だけど、こんな気持ち、迷惑だろうからずっと隠してきたわ。あなたにはもっと大事な国があり、家族がいたから。そこに私も加わりたいなんて言ったら、あなたに失望されると思ったから……っ」

それが怖くて、ずっと、何も言えなかった。

それなのに、おかしいわよね。

こんな時に、言えなかったはずの言葉が出てくるなんて。

「私に、あなたの持っているような大切なものは一つも無かった。私は、あなたの家族の一人にもなれなかった。私はずっとひとりぼっちで……っ」

ここまで吐き出して、言葉に詰まった。

トルクは心底驚いたのか、目を大きく見開いたままでいる。

そうよね。私の恋心なんて、この男はちっとも気がついてなかったのでしょうね。

だけどもう、そんなことはどうでもいい。

私は大きく呼吸を整えた後、杖をトルクに突きつけて、どこまでも魔女らしい、非情な声音で告げた。

「カノンは我が子も同然だ。もしカノンに指一本でも触れたら、私があなたを殺す」

「……ッ、マキリエ」

ここで、トルクと殺し合いになったっていいと思った。

たとえそれが初恋の相手でも、カノンを守れるのならそれでいい、と。

トルクは私の〝告白〟のせいか少し怯(ひる)んでいたが、それならそれで好都合だ。何もかもを利用してこの男を殺す。

ピリピリした私の魔力が、塩の森の木々を、大地を揺らしている。

ここは私の、テリトリーだ。


「おやめなさい、二人とも」


一触即発という中、この空気を鎮めるような凛(りん)とした声が響いた。

このタイミングで、森の小道から現れたのは、白いローブに身を包んだ長髪の男。

「白の賢者……ユノーシス」

そう。私とトルクに並ぶ、もう一人の大魔術師。

白の賢者と名高い、ユノーシス・バロメットだった。

この男もまた、歳を取らずに以前の見た目のままだ。

しかし少々疲れているのか、酷(ひど)い地獄をいくつも見たのか、以前までの柔和な空気は消えていて、その表情も険しい。彼は背後に、聖地の神官の格好をした人間を、数人引き連れていた。

ユノーシスは私とカノンをチラッと確認した後、まずトルクに問いかけた。

「トルク。あなたは聖地に忍び込み、重大な情報を盗みましたね。聖地の結界をすり抜け、僕の精霊をも出し抜くことのできるあなたの空間魔法は、本当に、恐ろしい」

「その通りだ、ユノーシス。貴様の妻である〈緑の巫女(みこ)〉の予言とやらのおかげで、救世主が塩の森にいることを知った」

「…………」

今度は黒の魔王トルクと、白の賢者ユノーシスが睨み合っている。

彼らはかつて、お互いの魔法を認め合った好敵手であり、良き友でもあったが、今現在、表向きは敵同士だった。魔物側のトルク、人間側のユノーシス、というような。

ユノーシスは何か言いたげだったが、グッと言葉を飲み込み、今度はスタスタと私たちの方へと歩み寄ってきた。

「お久しぶりです、マキリエ。元気にしていましたか？」

「……なぜここに来たの、ユノーシス」

私は、ユノーシスのことも強く警戒していた。

「安心してください、マキリエ。僕はトルクと違って、彼を殺しに来たのではありません」

そう言って、ユノーシスはカノンの前に跪く。

聖地の人間たちも、それに倣うようにして、跪いて首を垂れた。

「彼こそが、この世界の救世主。世界樹はすでに、彼を〈トネリコの救世主〉として認めているのです」

「…………」

「トネリコとは世界樹に最も近い植物。その名を冠することを許されたということは、メイデーア史上、最も優れた救世主である、ということ」

白の賢者の語ることに対し、カノンは何も答えなかった。

淡々とした目をしていて、喜ぶでも驚くでもなく、本当に感情のない表情をしてユノーシスたちを見下ろしている。

私はそんなカノンの様子が気になったが、一方でトルクが、ユノーシスに対し異義を唱えた。

「ふざけるな！　そいつを救世主として祭り上げるつもりなら、俺はここで救世主を殺す。そうしなければ、この世界の魔物が皆殺しにされるまで戦いは終わらない！」

「トルク！　救世主はこの終わりのない戦争を終わらせるための、世界のシステムの一つです。私を信じて！」

「いいやユノーシス！　お前は無力だ。お前には人間たちを止めることなどできなかったではないか！」

「ですから救世主という存在があるのです！　人々も、各国の王も、救世主の言葉であれば聞く。それが世界の法則というもの」

今度はトルクとユノーシスが、絶え間なく言い争う。

「そうやって、人間たちで共通の敵を作って、団結して、歴史上の問題の何もかもを魔物になすりつけるのだろう！　ふざけるな、もううんざりだ！」

「トルク……ッ。確かにもう、我々は後戻りなどできないところまで来てしまいました。ここで、かつての友であるあなたと戦ってでも、救世主を聖地に連れていかなければ。これ以上、無益な争いで罪のない人々の命を散らせないために」

「いいや、ここで始末する。お前を斬ってでも――」

二人の睨み合い、言い争いの最中、私ももう我慢の限界だった。

黒の魔王も。

白の賢者も。

私が関わるのを拒絶して、私をひとりぼっちにして、自分たちは大事なもののためだけに戦っておきながら――


「いい加減にして！　私からこれ以上、大事なものを奪わないで！」


かつて、同じ舞台に並び立つ大魔術師として、お互いの力を認め合い、大きなものを作り上げた。お互いの理想を語り、楽しい時間を過ごした。

あの時の友情のようなものを、忘れた訳ではない。

だけど私にとって、今一番大事なものは、カノンだった。

「あなたたちだって、一番大事なもののために戦っているのでしょう。だったら私だって、カノンを奪われる訳にはいかない……っ」

殺させるものか。

連れて行かせるものか。

私は手に持つ杖で、思い切り、自分の腕を刺した。

ポタポタと、真っ赤な鮮血が塩の森の大地に零(こぼ)れ落ちる。

「!?」

「森から出て行け！　さもなくば、ここでお前たちを皆殺しにしてやる……っ！」

私の血は、私の使う魔法の中で、最も危険な魔法の素材となる。

それをよく知っている〈黒の魔王〉と〈白の賢者〉は、お互いに強張った表情となり、身構えていた。だが――

「やめろ、マキリエ！」

背後から、カノンが私を強く抱きしめた。

強く強く抱きしめながら、諭すような声音で、耳元で囁く。

「ありがとう。マキリエ。俺に名を与え、側に置いてくれて。家族だと言ってくれて」

「……カノン……？」

「君は優しい魔女だ。ずっと昔から」

「…………っ」

激昂していた私の感情が、漲っていた魔力が、その声によって徐々に鎮まっていく。

私はカノンに支えられる形で、その場にへたり込み、泣き崩れた。

カノンは私を地面に落ち着かせた後、立ち上がり、トルクとユノーシスの双方を見据えて告げる。

「帰れ。マキリエをこれ以上、刺激しない方がお前たちのためだ」

カノンの口調には、まるで私たちと同列の存在と思えるほどの、凄みや重みがあった。

「お前たちでは、本気を出したマキリエには勝てない。この三者の中で、最も強い破壊の力を持っているのはマキリエだ。それは、お前たちが一番わかっていることだろう」

「…………」

カノンの言葉に気圧される形で、トルクもユノーシスも押し黙る。

しばらくして、最初に身を引いたのは、白の賢者ユノーシスだった。

「わかりました。我々は一旦引きましょう。マキリエ。あなたの大事なものを、横取りしようとして申し訳ありませんでした。僕にも大事な我が子がいます。あなたの行動は当然で、何もかもあなたの言う通りです。我々は誰しも、一番大切なもののために戦っている。……マキリエ。あなたに、幸あらんことを」

そう言って、聖地の神官たちを引き連れて、この森から立ち去った。

黒の魔王トルクは、泣き崩れる私をしばらく呆然と見つめていたが、

「……マキリエ。すまなかった」

低い声でその一言だけを絞り出し、この場から転移して姿を消した。

周囲は一気に、深い静寂と、塩の香りに包まれる。

その静寂の中、血を流しすぎ、泣きすぎた私は、猛烈な目眩と頭痛に襲われて意識が遠のいていくのを感じていた。

「マキリエ……？」

「ごめんなさい……私……もう……」

「マキリエ！　マキリエ！」

カノンが私の名を呼ぶ声も、どんどん、どんどん遠ざかっていった。

○

これは、夢か現実か。

ふわふわした心地の中、誰かの声が断続的に聞こえてくる。

「マキリエ。この話は、忘れてくれていい」

ああ、カノンの声だ。

彼が眠る私の手を握ってくれている。温かくて、荒ぶっていた心が落ち着く。

「本当は、ずっとここで君と暮らせたら、どれだけ幸せだったか。だけど、時は俺たちを待ってはくれない。約束は、果たされなければならない。この世界の法則を壊さない限り、俺たちはずっと、何度生まれ変わっても、同じことを繰り返す」

カノンが、泣いている。

私の知る限り、カノンは子どもの時から、一度だって泣いたことがないのに。

「俺は、本当は、誰も殺したくなんかなかった……っ」

忘れてはいけない。
忘れてはいけない。
きっとそれは、カノンの切実な心の叫びだった。

「いつか、遠い未来で……思い出して欲しい。マキリエ」

○

──カチッ。
何かのスイッチが切り替わったような音がして、スッと目が覚める。
「……カノン？」
清々しくも、冷たい空気に満ちた朝だった。
私は静かに泣いていた。
だって、もう、カノンはこの小屋にはいない。
目覚めた瞬間から、それだけは自然と理解していたから。

いつの間にか、腕の傷の手当てがされてある。きっとカノンがやってくれたのだろう。

夢の中でカノンの声がした気がしたけれど、もうその言葉の内容を思い出すことすらできない。

机の上に置き手紙があり、そこには「聖地へ行く」とだけある。

カノンは〈白の賢者〉の言っていた通り、救世主となるべく聖地に向かったようだ。

――救世主。

後に知ったことだが、救世主とは、メイデーアという世界の自浄作用の一つだという。

世界が混沌に陥った時、異世界より救世主が召喚され、この世界を導くのだとか。

どこから来たの？　と聞いた時、確かにあの子は「異世界から」と言っていたっけ……

あの子に名を与えた時から、私にはわかっていたはず。

カノンは何か大業を為す、特別な存在だ。

カノンを家族だと思っていても、私と血の繋がりがある訳でもない。

私とカノンを繋ぎ止めるものなど、何もない。

だけど、いざ再び一人になってしまうと、心にぽっかりと穴が開き、すきま風が吹いているような辛く寂しい気持ちになる。家に揃った二組の家具、食器、生活道具を見るだけで、彼との何気ない会話や、日々の出来事が思い出され、胸が締め付けられるのだ。

知っている。私はとても弱い女だ。

どんなに強い魔力を持っていても、心が弱い。

とても寂しがりやで、一人では生きていけないのに、いつも一人になってしまう。

何だかもう、これから何のために生き、どんな風に日々を過ごしていいのか、私にはわからなくなっていた。


後々、救世主カノンの噂は、この塩の森にも伝わってきた。

ドンタナテスと、ポポロアクタスも、率先して集めてきてくれた。

カノンは聖地で洗礼を受け〈トネリコの救世主〉の称号を得た後、〈守護者〉と呼ばれる四人の戦士を探すために旅に出て、特別なその力であちこちの諍いや戦を止め、混沌とした世界の浄化に励んでいるという。

何だかまるで、物語の主人公のよう。

それでも、いまだに人間と魔物の対立構造は変わっていない。

ゆえにやはり、カノンは世界の敵である魔王を倒すために召喚された、人間のための救世主。

しかし、トルクの懸念していた通りの状況だ。

カノンが私の元から旅立って一年。世界に大きな衝撃が走る。

「……え……？」

あろうことか、カノンは自分を救世主として導いた〈白の賢者〉を殺害したというのだ。

この知らせを聞いた時、私は全く信じられなかった。

何がどうしてそうなったのか、全く、理解できなかった。

カノンが、ユノーシスを殺した……？

ありえない。ありえない。ありえないわ。

あんなに優しい子が人を殺すなんて。

それ以前に、ユノーシスほどの、多くの精霊に守られた大魔術師を殺すなんて、不可能に近い。これも、敵を欺くための情報では……

しかし、カノンは聖地にて大々的に宣言した。

北の〈黒の魔王〉、西の〈白の賢者〉、そして南の〈紅の魔女〉。

この三人の大魔術師を殺してやっと、混迷した世界に平和が訪れる——と。

第十四話　追憶（九）～世界の敵～

私が育ててしまった男は、怪物だったのかもしれない。

カノンは〈白の賢者〉ユノーシスを殺した。

さらにはトルクや、育ての親である私のことも殺すと、聖地で宣言しているという。

大魔術師たちこそが、この世界の敵である、と。

カノンに何があったというのか。

彼はもう、私の知っているカノンではないというのだろうか。

あんなに必死にカノンを守ろうとした、私はいったい何だったのだろう……

世界中の赤の他人に嫌われているのならともかく、カノンにも死んで欲しいと思われているのなら、もはや生きている意味がない。

この頃の私は、どうやったら死ねるかをずっと考えていた。

とにかく死にたい。

人生を終わらせたい。

そう思って、家にあったナイフで自分の胸を刺したことがある。だけど、ただひたすら痛いだけで、自分の意思とは関係なく勝手に治癒魔法が働いて、のたうちまわっているうちに完治してしまった。

次に、崖から飛び降りて死のうとした。簡単に飛び降りて、痛いと思う間も無く谷底で体と頭が潰れても、しばらくして意識が戻り、その時には既に体も完治している。これではもはや飛び降りていないのと同じだと思った。

今度は、毒薬を飲んで死のうとした。自分で渾身(こんしん)の毒の魔法薬を作って飲んだところ、喉や胃の焼けるような感覚が一瞬ピリピリあったかな、というくらいで。ただただ苦くて不味(まず)いドリンクを飲んで「んー？」と首を傾(かし)げただけだった。

ここまで来るともう、もはや不死身だ。

自分がこんな化け物だなんて知らなかった。

そんなことをしていると、段々と魔法が上手に使えなくなってきた。あらゆる手段で死のうとするから、私の体を守るために、魔法に制限がかかってしまっている状態なんだと思う。

ふざけるな！

私の体と、私の魔力なのに、勝手なことをするな！

ああでも、魔法が使えないというのなら治癒魔法も働かないのかも、と思って今までやった自殺行為を、可能な限り順番にやっていくのだけれど、治癒魔法だけは勝手に働くようだからもうお手上げだ。やはり歳を取らないし、死ねないことには死ねないのだ。

こんなことが一生続くなんて生き地獄だ。

ああ。でも……

カノンが私を殺すというのなら、その時だけ、あの子にまた会える。

もしかしたら、カノンに殺されることは、私自身の救いなのかもしれない。

ある日、前触れもなく黒の魔王トルクが私の小屋を尋ねてきた。

「マキリエ」

「…………」

私は窓辺の椅子に座って、ぼーっと外を眺めながら、膝の上で眠るドワーフハムスターの精霊ドンタナテスとポポロアクタスを撫でていた。かつて恋をした男に声をかけられても、表情一つ変えないで。

なぜ、今になってこの男が私の元へと来たのだろう……

ぼんやりとそう思っただけで、私にはもう、どうでもいいことだった。

かつてはこの男に、また、この塩の森を訪れて欲しいと思っていた。

私の元に来てくれる日を心待ちにしていた。

だけどもう、私の心の真ん中に、この男はいなかった。

「久しいな。元気そう……では、あまりないな」

私の姿を見て、トルクはそう言った。

多分、この時の私はとても青白い顔をして、痩せていたと思うから。

「知っていると思うが、〈白の賢者〉ユノーシスが死んだ」

「ええ。もちろん知っているわ。カノンが殺したのよ」

私が平然と言ったので、トルクはピクリと眉を動かした。

「救世主は、次に俺を、お前を殺しに来るぞ。あいつは俺たちを殺す術を持っている。そうでなければ、ユノーシスが殺されるはずないからな」

「……わかっているわ。きっとあの、短剣の力に違いないわ」

「短剣？」

「カノンが、ずっと大事に持っていたものよ」

私は淡々と答える。

かつて、カノンは一度だけ私に短剣を突きつけたことがある。

あの時感じた異様な恐怖をよく覚えているが、あれこそが、私たちを殺せる救世主の力だったのだろうと、今ならばわかる。

トルクは、私の纏う妙な雰囲気に気がついたのか、少しの間押し黙った。

そしてこの部屋を見渡し、部屋がとてもすっきりしていることに気がついたようだった。

「えらく部屋が片付いているではないか。これでは生活できないだろう」

「いいのよ。私、もうこの家を出ていくから」

「あの男から、逃げるのか」

「いいえ。カノンに会いに行こうと思って」

「…………」

「魔法もね、あまり上手に使えなくなっちゃった。これはもう、潮時かなって」

トルクは眉間にしわを寄せ、怪訝な表情をしていた。

カノンに会いに行く。魔法が使えない。

それすなわち、殺されに行くと言っているようなものだから。

私は覇気のない声で続けた。

「ごめんなさい、トルク。何もかもあなたの言った通りになったわね。私と違って、あなたはただのとばっちりよね、本当に」

トルクは最初から、カノンのことを疑い、強く警戒していた。

一方で、救世主の存在に希望を見出していたユノーシスは、カノンによって呆気なく殺された。

「全部、私のせいよ。あの子を育てた私のせい。だから、あなただけは殺さないよう、カノンに頼むつもりよ。あなたは生きて、守らなければならないものがあるもの。それでもあの子が、あなたを殺すというのなら、私が……あの子を止めるわ。それが私の、最後の役目に違いないもの」

魔法が使えなくても。

たとえ、あの子と刺し違えることになっても。

「私が……あの子を……っ」

「もういい、やめろ！」

だが、トルクは語気を強めて、首を振る。

スタスタと私に歩み寄り、椅子に座ったままの私を見下ろし、強い口調で言った。

「マキリエ。俺の国に来い」

「………」

「お前をあの男の元へは行かせない。お前は俺の、妻になれ」

それはまるで、命令のようだった。

ぼんやりとしていた私も、その言葉には顔を上げ、トルクを見つめる。

「え……？」

今、この男は何と言ったのか。

とてもじゃないが、その言葉を信じることができなかった。

トルクは戸惑う私の前で片膝をつき、視線を合わせて、もう一度告げた。

「俺の妻になれ、マキリエ。そしてこの森を出て、俺の国に来い」

「……妻？」

私はやっと状況を理解して、何度も「え」とか「は？」とか言っている。

「な、何を言ってるのよ、あなた。シーヴがいるでしょう」

私が指摘すると、トルクは一瞬、とても悲しそうな目をした。

そして、視線を僅かに落とす。

「シーヴは……そうか、お前はまだ知らなかったか。シーヴは七年前に死んだ」

「え……」

「戦争が激化し、国の仲間や、子どもたちが犠牲になった。そういった状況の中で心を痛め続け、病んでいったのだ。最後は流行り病を拗らせて、俺の治癒魔法すら受け付けず、静かに死んだ。この先の未来を思えば、ここで死んだほうが楽だと思ったのかもしれない。シーヴは、いつも心のどこかで死に自由を求めているような……そういう女だった」

「………………」

知らなかった。シーヴが既に、しかもかなり前に死んでいたなんて。

その話を聞いた時、かつて、シーヴが私に言った言葉を思い出した。

あなた様は限りなく自由で、とても眩しい、と。

どこかで自立や自由に憧れを抱いていた、繊細で、儚げな女性だった。

「俺たちはお互いに、家族に置いて行かれた者同士だ」

「で、でも……私……」

「分かっている。お前の心の中心に、もう俺はいないということくらい」

トルクは言った。

嫌になったら、いつだって俺から離れてくれていい、と。

「あの男の代わりでもいい。だが、これからは俺に、お前を守らせてくれ」

なぜ、トルクは今になって私を家族にしようとしたのだろう。

それは、トルクなりの、私に対するけじめの付け方だったのだろうか。

私はそれを強く拒否する強い気持ちも無く、流されるようにして、トルクの申し出を受けることにした。

トルクはまず、塩の森の小屋と、魔物の国を自由に行き来できる転移装置を設置した。

これはここ十年の戦争の間に、トルクが空間魔法を使って開発したもののようだ。

こんな風に、無情にも戦争をきっかけに発展した魔法というものがいくつもある、とトルクは言っていた。

その転移装置を通して、この小屋にやって来たのは、トルクに仕える二人の赤髪の女性だった。私は覚えのある顔立ちをした二人を見て、すっかり驚かされる。

「メリッサ！　ジェーン！」

そう。かつて帝国の間者として魔物の国に送り込まれた姉・メリッサと、人質として囚われていた妹・ジェーン。私が気まぐれで助けた、オディリール姉妹だ。

「驚いたわ。二人とも、すっかり大人の淑女になっちゃって。前に会った時はあどけない子どもだったのに」

「いやですわ、魔女様。魔女様のように歳を取らない訳にはいきませんもの。最近、目元に小じわが増えちゃって」と、姉のメリッサ。

「でも噂の塩リンゴを食べたら、少しは若さを保てるかも」と、妹のジェーン。

姉妹はここ最近、避けようのない老いを痛感しているとかで、若返りの美容に凝っているそう。まだまだ若いし、二人ともとても別嬪なのに……

「私、歳を取りたくても取れないけどねえ。最近なんて死にたくても死ねないし」

なんて私がぼやくと、メリッサが突然、目の前のテーブルにバンと手をついて、強い口調で物申す。

「〜〜っ、魔女様！　人間離れしたことを、そんな風に呑気に宣っているから、悪い魔女だって誤解されてしまうんですよ」

「え、え」

「私、魔女様に助けられてから、〈紅の魔女〉の噂とやらをいくつか集め検証しました。あなたが気まぐれに奴隷商から助けた女の子たち、巷じゃあなたに火炙りにされて食べられたって話になってますよね。ただカエルの姿にして遠くに逃がしてあげただけなのに。魔法が切れたら人間に戻れるのに。その女の子たちのうちの一人に会いましたが、とても元気に暮らしていましたよ」

「……そう。それはよかったわ」

確かに私は、気まぐれに人を助けることがあった。まあ、助けたとして、それがとんでもない解釈をされて〈紅の魔女〉の恐ろしい噂になってしまうのだけれど……

「魔女様、良いこととしても全部悪く言われちゃいますよね。うちの魔王様もそうですけど」

「そうそう。それがとっても悔しいです〜っ。私を助け出してくれた、あの帝国襲撃事件のせいで、紅の魔女様はますます凶悪な魔女だって噂になってしまいましたし。魔女様、とても優しいのに。紅の魔女のファンとしてはショックです〜」

紅の魔女の悪い噂について、メリッサとジェーンがとてつもなく悔しがっている。

私も、あること無いこと悪く言われるのをちょっぴり気にしていた時期もあったけれど、最近はもうどうでもよくなっていたから、もはや色々と懐かしい。

それはそうと、オディリール姉妹が、私のことをそんな風に慕ってくれていたなんて知らなかった。

「ゴホン。お前たちが〈紅の魔女〉に心酔しているのは分かったから、もう話を進めてもいいか？」

女子たちで盛り上がってしまっていたので、トルクが咳払いをして話を戻した。

オディリール姉妹はハッとして、お口にチャック。

「今後、塩の森の小屋はオディリール姉妹に管理してもらおうと思っている。それでもいいか、マキリエ」

「え？　それは、その、別にいいけれど」

「別にこの家を、お前から取り上げようと思っている訳じゃない。好きな時に戻ってくればいいし、オディリール姉妹だって、魔物の国と、ここを行き来することになるだろう」

「……？」

それなら普通に、空き家にしておけばいいのに。

とか思っていたけれど、詳しいことをトルクが説明してくれた。

「この塩の森は、非常に強い魔力の溜まり場だ。今の戦争は、軍事魔法の発展に伴い、そういう魔力の溜まり場の奪い合いに発展してきている。人間たちはまだ紅の魔女がここにいると思って近寄ることはないが、お前が居なくなったと知れば、塩の森を奪取される可能性が高いからな」

そういうことか。私はそこまで考えが及ばずにいたのだが、きっとこの人たちには、大事な居場所を奪われるような経験が多々あり、危機感があったのだろう。

私の生まれ育った場所を、オディリール姉妹が守ってくれるというのなら、これほどありがたいことはない。

「ご安心ください、魔女様。この塩の森の小屋は、私たちが大事に管理いたします」

「魔女様がここへ帰ってきたいと願った時に、あなたの望む家であり続けるために」

「……メリッサ。ジェーン」

「だって、魔王様が魔女様を怒らせるかもですし」

「実家に帰らせていただきます、となるかもですし」

「ねえ～」「ねえ～」

メリッサとジェーンはお互いに顔を見合わせ、頷き合っていた。

まあ、それは確かに……

トルクだけは、少々気まずそうな顔をしていたが、

「ゴホン。それにいざという時、ここは良い隠れ家となるだろう。塩の森の周囲に結界を張り、人間がそうそう侵入できないようにする」

「ええ。私たち、これでもまあまあ魔力のある方で、結界や魔法壁は大の得意なんです！　魔女様のような魔女になるため頑張りました！　それに魔王様直伝の魔法ですから！」

胸をドンと叩いて、任せてくださいというメリッサ。

その隣でニコニコしているジェーン。

この二人はトルクの指導のもと、この十年でかなり凄腕の魔女になったらしい。

この時の私はまだ知らずにいるが、オディリール姉妹はのちにこの塩の森で、とても大きな役目を果たすことになる。


私は住処を〝魔物の国〟の居城に移した。

魔物の国は、長い戦争状態の中で、私が初めてここへ来た時よりも、非常に強固な何重もの結界によって守られていた。

というのも、人間側の軍事魔法の発展も著しく、何度か抜け道を作られて敵に侵入され、

少なからず犠牲を出した経験があるからだそうだ。トルクはこの先のことを見据えて、多くの準備をしているようだった。

城内の廊下の先で待ち構えていた、背丈の高い魔物の青年がいた。

彼は私を見ると、仰々しく頭を下げて挨拶をする。

「ご無沙汰しております、紅の魔女様」

「まあ。もしかしてあなた、スクルート?」

スクルート・トワイライト。

トルクとシーヴの間に生まれ、私が名を与えた子だ。要するに私は、この子の名付け親でもある。魔物の血が色濃く出ているとはいえ、黒狼(おおかみ)のような顔立ちは凛々(りり)しく、惚(ほ)れ惚(ぼ)れするほど男前。流石(さすが)はトルクの息子だ。

「立派になったわねえ。魔物は人間と比べて成長が早いと聞いていたけれど、もう立派な大人じゃない。男前だし、女の子にモテるでしょ〜」

「ははは。何事も魔女様に名付けていただいたおかげです。病も怪我(けが)もなく、ここまで来ましたから」

声もすっかり大人びていて、むしろ心地よい渋さを感じるくらい。

下手したらトルクより大人に見えるかも。トルクも自慢げに息子について語る。

「スクルートは、すでにこの国の将軍だ。我が息子にして誰よりも頼りになる」

「確かに。あなたよりずっと大きいし、一見、彼の方が威厳のある魔王のようよ」

「……ほっとけ」

あ。トルクも気にしているのかもしれない。

自分の息子の方が、すでに大人の渋さを醸し出していることに……


このようにして、私は〝魔物の国〟に受け入れられた。

魔物の国の民は、思いのほか王の後妻である私に対し歓迎的で、とても温かかった。

というのも、紅の魔女と黒の魔王が手を組んだ、という噂話をまことしやかに外に流したことで、それが抑止力となり、帝国を中心とした人間側の〝魔物の国〟に対する攻撃の手が一時的に収まったのだ。私は攻撃的な魔法が使えなくなっていたが、そんなことは、外部の人間たちは知らずにいるから。

また〈白の賢者〉が亡くなったことで、南のルスキア王国が、例の魔法学校用の学園島を軍事要塞として利用しようとしていて、聖地や西の国々から非難を受けており、これが戦争の兆しを見せているという。

トネリコの救世主やその守護者は、そちらの争いごとの処理に奔走しているらしい。

結局のところ、人間たちは再び人間たち同士で争いを始め、魔物の国vs人間側、という戦いの構図は、一時休戦状態にあるのだった。

それと。

私を妻に迎え入れたトルクもまた、私にとても甘く、優しかった。

まるで、私を遠ざけ続けた長い時間を、取り戻そうとするように。

だけど私は、彼のその優しさに確かな癒しを感じながらも、心の何処かで戸惑っていて、素直に受け入れることができずにいる。

トルクが私に優しいのは、長い間私の気持ちに気付かなかった、負い目や償いのようなものがあるのだろうと、どうしても思ってしまうのだ。

トルクがカノンを殺しに来たあの日、私は隠し通したトルクへの恋心や、孤独を全部吐き出した。きっとあれが、トルクに少なからずショックを与えたのだと思う。

私もまた、かつて確かにトルクに恋をしていたはずなのに、今となってはふとした時にカノンのことばかり考えていて、心の真ん中にトルクがいない。

私たちは寄り添い合いながらも、愛し合っている訳ではないことを、お互いに知っている。どこか距離がある。

そんな、歪な関係の夫婦になってしまった。

「マキリエ。いつまでそこにいるつもりだ。風邪をひくぞ」

ある日の夜、私が薄着で寝室のバルコニーに出て、ずっと夜空を見ていたので、見かねたトルクが私の肩に自身の上着をかけ、室内に入るように言った。

「でもね、トルク。星がとても綺麗よ。よくよく見ていると星が流れるの」

「………………」

澄み切った空気の、よく晴れた夜空に、キラキラと輝く星が鏤められている。

この辺は万年雪雲が空を覆っているが、時々こんな風に晴れた星空を見ることができた。

魔物の国から見る星空は、どこで見るものより美しい。

どこよりも、星に手が届きそうな気がする。

「マキリエ。あの男のことを考えているのか」

「………………」

私は振り返り、トルクを見上げた。

トルクは何とも言えない、複雑そうな表情をしている。

私は口を開いて、何か言おうとして、それをやめた。

確かに無意識のうちに、私はこの星空にカノンを見出していたと思うから。

「別に、責めている訳じゃない。ただ……」

トルクは「いや」と言って、首を振る。

そして私の側で、同じ星空を見上げていた。

「俺はこういう星空を見る時、お前がこの国に初めて来た日のことを思い出す。お前は知らないと思うが、お前が来たあの日の夜も、こんな、澄み渡った星空だった」

「…………」

「あの時は……ははっ、妙な娘が来たものだ、と思った」

トルクは苦笑しながら、懐かしそうに語る。

「愛想よく俺に近づき、誘惑し、俺を殺そうとする女の間者も多かったから、お前もその手の一人だと思った。魔女だと聞いて余計に警戒していた。しかしお前は……お前の扱う魔法は俺の想像を絶するばかりで、俺は……自分と同等か、それ以上の力を持つ女に、初めて出会ったのだ」

女はか弱く、守らなければならない存在。

そう思っていた自分の意識を覆された、とトルクはまた笑った。

「だから、思ってしまった。お前のような女を手に入れたいと思ってはいけない。守ってやろうと思うことは、むしろ無礼だ、と。その自由を縛ってはならない、と」

そういう感情が、私との関わり方の前提にあった、とトルクは言う。

「だが今思えば、お前はいつも俺に会いに来て、一途に、ひたむきに……俺の大事なものを守ろうとしてくれていた。シーヴのことも、スクルートのことも。あのオディリール姉妹のことだって助けてくれた。……自分の感情を極限まで抑え込んで、自分が傷つくのも厭わずに」

「…………」

「それでも平気そうな顔をして、軽やかで、しなやかで、何事にも大胆だったから……お前のそういうところも強く美しい女だと思っていた。だが一方で、あの瞬間もお前が俺を好きだと思ってくれていたのなら、それは何と切ないことだろうと……気が付いたのだ」

トルクは言った。

かつての私の言葉や、行動を思い出せば、何もかも合点が行く、と。

「どうして俺は、お前の気持ちに……孤独に気がつかなかったのだろう。お前はあんなに、泣いていたのにな」

確かに、私はこの男の前で……よく、泣いた気がする。

白の賢者の発案で作った魔法学校が完成したあの日、多分、一番泣いた。

でも、私の場合は涙すら魔法の材料になってしまうから、そこに含まれた感情が見えづらかったのかも、と思う。

「お前の側で、お前の孤独を癒したのが、カノンという名前のあの男だったというのなら、お前があいつを一番大事に思う気持ちもよくわかる。当然だと思う。だから今になって、やっと思い知る。……好きな相手に自分を見てもらえない、片想いの辛さと、切なさを」

それを聞いて、私は思わず「ふふっ」と笑ってしまった。

できる限り陽気な口調で、あっけらかんとして言う。

「なーに言ってるのよ。あなた、私のことそんなに好きじゃないでしょうに」

「…………」

「あなたが私のことを好きになるなら、とっくの昔になっているわ。根本的に私のこと、好みじゃないのよ、あなた」

「……マキリエ」

「ふふっ。いいのよ別に。それでも私たち、上手くやってると思うから。あなたのおかげで、私、死にたいとは思わなくなったもの。それって凄いことだわ」

お互いに、世界の敵だと思われている。

だからこそ、一緒にいることでお互いを守っている。

それができる夫婦というのも悪くないじゃない。

いわゆる王族たちの政略結婚ってこういう感じなんでしょうね……と、私は冷静に思ったりしていた。

ただ、トルクはずっと、辛そうに眉を寄せている。

「俺は、きっともうお前に愛されることはないだろう」

「……トルク？」

「お前の心は、二度と手に入らないとわかっている」

トルクは私の背中から腕を回し、強く、痛いほど抱きしめる。

彼は私の肩に顔を埋めながら、切実な声で言った。

「せめて、お前の側に居続ける。お前の願いは全て叶えてやる。俺にできることがあれば、何だって言って欲しい」

……私の願い、か。

今更、私にどんな願いがあるだろう。

私は何になりたくて、何を為したかったのだっけ。


「ねえトルク。私……」


私はこの日、トルクにあるお願いをした。

トルクはとても驚いていたが、それを了承してくれる。

この願いは、後の未来に回帰する〝二つの一族〟の誕生に、繋がっていく。

第十五話　追憶（十）～二人の子～

私が魔物の国に迎え入れられて、約一年――

私はトルクとの間に子を儲けた。可愛い可愛い、二卵性の男女の双子だ。

子を産んだばかりの中、一人一人の赤子の顔を見た私は、力を振り絞って我が子たちに、最上の運命の名を与える。


「双子の姉は、サリア」

姉のサリアは、トルクと同じ黒髪だった。

瞳の色は父親似で、大きな魔力を溜め込んだようなスミレ色。

「双子の弟は、キース」

弟のキースは、私と同じ赤髪だった。

瞳は、スミレ色と海色を混ぜたような、深い青色。

我が子に名前をつけた時、ふと見えた未来があった。

私はそれを誰にも告げることがなかったけれど、やがてやってくる選択の日まで、私はこの子たちを宝物のように慈しみ育てようと誓った。

それが、いつかの未来に回帰するから。

「よく頑張ったな、マキリエ。まさか男女の双子とは。一気に家族が増えたな」

「ええ。嬉しいわ。本当に」

トルクが、出産を果たし命名を終えたばかりの私の手を握り、涙ぐみながら労った。

「ありがとう、ありがとう、マキリエ」

「……どうしてトルクがお礼を言うの？　私こそ、あなたにお礼を言わないと」

私もまた、ぐったりしながら、トルクの手を握り返す。

「ありがとう。私の願いを叶えてくれて」

家族が増えた。その言葉だけで何だか救われる。

これは私が、トルクに願ったことでもあるから。

「ねえ、見て。私とあなたの髪色を、それぞれ引き継いでいるみたい」

「ああ。とてもわかりやすく俺たちの血を引き継いでいる。日に日に顔がはっきりしてきて、より一層、似てくるな」

私とトルクは、それぞれ双子の赤ん坊を一人ずつ抱いて、微笑み合う。

「だが、キースがお前に似ていて鮮やかな赤髪で、サリアが俺に似ていて深い黒髪だ。男女のところが、逆になってしまったな」

「ふふっ。いいじゃない。きっとキースは私に似た生意気顔の美少年になるでしょうし、サリアはあなたに似て、気品のある涼しげな美少女になるわ」

私たちは、子を育んだ。

私は、カノンという子を大人になるまで育てたことはあっても、あの子は出会った時にはすでに十歳前後まで成長していたから、生まれたばかりの乳飲み子の育児の経験などなく、しかも双子なものだから、毎日がとても大変だった。

だけどその分、幸せに満ちた日々だった。

我が子を与えてくれたトルクには、本当に、感謝ばかりだった。

子が生まれてからというもの、私とトルクの関係は、以前のような歪で強張ったものから、少しだけ柔和で温かいものになった気がする。

子は鎹と言うけれど、しっかり家族になっているような、優しい空気がお互いにある。

真っ当に愛し合った夫婦ではなくとも、子を通じて、私たちはちゃんと信頼し合うパートナーになれたと思うのだ。

このような幸せな時間は、約半年続いた。

白の賢者が救世主のカノンに殺されてからは、すでに二年近く経っている。

十分、持った方だと私は思う。


ある日、ガラスを割るような大きな音が、この魔物の国に響き渡った。

この国を覆う結界を、四方から叩き割ろうとしている、そういう音がする。

空を見上げると、聖地の紋章が煌々と浮かび上がっていた。

あれは……何……

「いよいよ聖地が動いたか」

トルクはその紋章を睨みつけ、ゆっくりと拳を握りしめていた。

「そんな……っ、トルクの施した結界を破壊しようとするなんて。無理に決まっているわ！　あちらには〈白の賢者〉もいないのに！」

「……しかし、あいつがいる。〈トネリコの救世主〉が」

「…………」

「聖地の……世界樹の秘められた魔力を使う権利を、あの男は持っているという。俺たちを殺すための力だ。そのようにユノーシスは言っていた」

「ユノーシスが……？」

「それに人間たちだって、この十年の魔法大戦で、多くの軍事魔法兵器を生み出した。俺たちが存在することで、人間たちもまた、魔法の歩みを進めているのだ」

トルクは、全て想定していた通りとでも言わんばかりに、この時のための号令を取る。

これは、聖地の名の下に集った、西方諸国を中心とした連合軍の攻撃だった。

人間たちはいくつかの軍事衝突を乗り越えて、これを為した〈トネリコの救世主〉に従い、より団結し、打倒〝魔物の国〟を掲げて――今日こそこの国を落とすつもりでいるのだ。

ああ、あの男がやってくる。

宣言した通り、私たちを殺しにやってくるのだ。

魔物の国の住人たちは、急いで居城の地下空間に集められた。

そこはトルクの空間魔法が幾重にも施され、かつて私が生み出した塩の石も使用されている特殊な空間だ。いざという時のために転移装置も揃っている。

要は、この国の、最後の砦のような場所だった。

この戦いは、もはや兵と兵をぶつけ合う戦争ではない。国を守ることより、国を捨てても、多くが生き残る選択をしなければならない。

トルクはそのように言って、自分一人で戦いに赴こうとしていた。

魔物の国の多くの民を転移装置で移動させるにしても、時間がかかる。その時間稼ぎをしに行くというのだ。

だけど、それだけじゃない。私にはわかる。

トルクはカノンと……トネリコの救世主と対峙しようとしている。

「トルク、待って！　私も行くわ！」

そんなトルクの腕を摑み、私も連れて行くよう訴えた。

しかし、

「ダメだ。お前はここに残れ」

トルクは振り返り、私の肩を摑んで強く言い聞かせる。

「守るべきは我が子たちだ！　そうだろう、マキリエ」

「……っ」

トルクは私越しに、オディリール姉妹に抱きかかえられているサリアとキース、そして跡継ぎとして育てたスクルートを見た。とても愛おしそうな瞳で。

そして、改めて私に言い聞かせる。

「それに今、お前は〝命令魔法〟がほとんど使えない。連れて行くわけにはいかない」

そう。

私は今も、昔使えていたような、自分の体の一部を使った〝命令魔法〟をほとんど使うことができずにいた。

「でも！　あなたを一人で戦わせる訳にはいかないわ！　敵はあの救世主なのよ！」

私たちと同等の力を持った〈白の賢者〉だって、殺された。

トルクが、最強と名高い〈黒の魔王〉でも、救世主には敵わない。

そんな、嫌な気がひしひしとしていた。

きっとそれは、トルクも同じだったと思う。

「行かないで、トルク。それなら、皆で逃げましょうよ」

「…………」

「どこまでも、行けるところまで。魔物たちのために、子どもたちのために……私のためにあなたも逃げてよ……っ」

カノンから、世界の果てまで一緒に逃げて。

しかしトルクには、何を恨むでもなく全てを受け入れたような落ち着きがあり、どこか切なげな目をして私を見ていた。

「マキリエ。お前は……俺と結婚して、幸せだったか？」

「…………」

どうして……

「どうしてそんなこと聞くの？」

私は何度も、何度も首を振った。

「待ってよ。私のことを置いていくの？　ずっと私の側に居続けるって……私の願いは、全部叶(かな)えると言ったくせに！」

トルクは私を強く押して、自分と、私との間に強固な魔法壁を張る。

この地下に集められた、魔物の国の民を守るための結界だ。

すぐそこにトルクがいるのに、私と彼の間には透明の壁があり、もう触れることもできない。

「嘘(うそ)つき！　嘘つき！　待ってよトルク！」

魔法壁を拳で叩きつけながら、私は叫び続けた。

トルクは眉を寄せ、私に一度微笑みかけた後、背を向けて、もう振り返ることもなく、ここから立ち去った。

魔法壁を叩き続ける私を、将軍のスクルートが何か言って制止しようとしていたが、私はトルクに手を伸ばし続けていた。

「待って……っ」

みんな。

みんなみんな、私を置いて行ってしまう。

「私を置いて行かないで！」

交わした約束を果たすことなく。

私はしばらく、その場に蹲（うずくま）っていた。

外では大きな爆発音が聞こえる。先兵とトルクの魔法による攻防が、すでに始まっているのだろうか。

魔物の国が落とされるのは時間の問題だったが、ここに集められた国民たちはスクルートの指示によって、女子どもから順番に、転移装置で移動することになっている。今はその転移装置の展開に時間がかかっているところだ。

誰もが我が国の王の無事を、帰還を祈っていた。

だけど、ここで待っていても、トルクはきっと帰ってこない。

その嫌な予感が、私の中でずっとずっと渦巻いている。

「魔女様……こちらの方が暖かいですよ」

メリッサが私に優しく声をかけ、広場の中央の、熱を発する魔法水晶の近くに来るよう言ってくれた。

しかし彼女は、私が何をしているのか気が付いて——

「魔女様!? 魔女様何を……っ!」

私は項垂(うなだ)れているふりをして、杖(つえ)の先端で、腕の柔かなところをザクザクと刺していた。

ここで魔法が使えなければ、何のために〈紅(くれない)の魔女〉として生まれ、ここまでしぶとく生き延びたというのか。

私は普通の娘でありたかった。

ごく普通の娘として生き、歳(とし)を取り、死にたかった。

ふざけるな!

私をこんな体にしておきながら、大事な時に使えない、役立たずの魔法なんていらない!

「こんな時くらい、言うことを聞きなさい!」

私はドクドクと流れる血に、自らの魔力に強く命じる。

そして、血濡(ぬ)れた杖を魔法壁に突きつけ、呪文を唱えた。

「マキ・リエ・ルシ・ア——破壊せよ!」

血の魔法は、一部に強い爆発を起こし、黒の魔王の施した魔法壁に穴を開けた。

この爆発の余波をオディリール姉妹の魔法壁が防いでいたが、地下にいた者たちは皆、壁際まで追いやられていた。

私の血は、全てを破壊する〝火力〟を秘めている。

もうずっと使えずにいた魔法だが、この局面で使えたことに、私は……自分の中のリミッターのようなものが外れていることに気がついていた。

「ごめんなさい。せっかくトルクが張った守りの魔法壁を、私が壊すことになってしまって。王妃失格だわ。……メリッサ、ジェーン、内側からあなたたちの魔法壁で穴を塞いでちょうだい。スクルート、転移装置が稼働したら予定通り皆でここから逃げるのよ」

「紅の魔女様！」

「魔女様！　魔女様ぁ！」

引き止める声も聞かず、私は地下空間から抜け出し城の外に飛び出した。

吹雪が視界を塞いでいる。

だけど、トルクの足取りは、その魔力の匂いを辿っていればわかる。

あちこちから、この国を囲む結界に、聖地の魔力を使った強力な魔砲の打ち込まれる音が響いている。

それでも私は、この時、何としてでもトルクを追いかけ、彼にもう一度会わなければと思っていた。

トルク。

私はまだ、あなたに何も伝えていない。

私を一人置いていったら、この先ずっと許さない。


「…………」


断崖に接した雪野原。

私とトルクが出会ったその場所に、黒い骸が横たわっている。

その胸に、金の短剣を突き立てて。

「……黒の魔王は、死んだ。俺が殺した」

その傍らに立っていたのは、金髪と、柘榴色の瞳を持つ男。

私のよく知る人間だった。

「カノン……」

私はしばらく、その光景を見つめていた。

色を失っていく景色。静止した感情。

しばらくして、やっと現実が動き始める。

理解する。カノンがトルクを殺したのだ、と。

「……トルク……ッ」

私はトルクに駆け寄ろうとしたが、視界が歪み、足がもつれて転んで、そこからなかなか立ち上がることができずにいた。

体の震えが止まらない。寒い。雪の冷たさのせいではない。

「どうして」

「…………」

「どうして、どうして、どうしてよ、カノン……っ」

私は何度も、カノンに問いかけた。

なぜ、私たちはあなたに殺されなければならないのか、と。

ユノーシスも、トルクも、私が愛情を込めて育てたカノンが殺した。

私の育てた、カノンが……っ。

「あなたは、私のことも殺すのね」

「…………」

「もういいわ。殺して。トルクのところへ行きたい」

カノンはやはり黙ったまま、トルクの胸に刺さっていた短剣を引き抜き、その血を拭って鞘に納める。

トルクの遺骸は、守護者らしき者たちが無言でここから運び出そうとしていた。

「待って……っ」

私は力の入らない体を無理やり起こし、おぼつかない足取りで立ち上がる。

「やめて、トルクに触らないで！　連れて行かないで！」

私はトルクの遺体を運ぶ者たちに杖を向け、何でもいいから魔法を使って阻止しようとした。

しかしカノンが私の前に立ちはだかる。

その柘榴色の瞳にかつての優しさはなく、ただただ冷酷に私を見下ろしていた。

「カノン！　そこを退きなさい！」

それでも私は杖を振るったが、不発で終わる。この局面でやはり魔法が使えなかった。

どうして。どうして。さっきは使えたのに……っ！

カノンは、何度も何度も杖を振るう私の腕を摑んで、こう言った。

「無駄なことはよせ、マキリエ。黒の魔王の遺骸は聖地に運ぶ。それはこの男、トルク・トワイライトの意思でもある」

「……え……」

「この男は、自分がいつか俺に殺されることを覚悟していた。白の賢者の、最後の手紙によって」

白の賢者の……最後の手紙……？

「君は何も知らずにいただろうが、半年ほど前に、黒の魔王と俺は、一度ここで対峙している。本当はその時、俺はこの男を殺すつもりだった」

「…………」

「しかし黒の魔王は、自分を殺すのをもう少し待って欲しい、と俺に懇願した。その後であれば、自分はどうなってもいいから、と。……理由は、マキリエ。君が身ごもっていたからだ」

私は、じわじわと目を見開く。

杖を持つ手に力が入らず、その杖を雪原に落とした。

「だが、これ以上は待てない。黒の魔王の遺骸は、聖地の大樹の根本にある〝棺〟に納められることになる。君の遺骸も」

「なぜ……」

「それが世界の法則であり、回収者としての俺の役目だからだ。色の名を冠する大魔術師の遺骸は、一人残らず聖地の棺に納められなければならない。そのために生まれ、そして死んでいく」

私はただただ、首を振る。

「……何を言っているの、カノン。私には、何もかも、わからないわ」

「俺も、これ以上をここで言うつもりはない。言ったところで、君にはまだ理解できない」

「…………」

「君を殺すのも、ここではない」

カノンは私の腕を離し、キューブ状の黒い何かを私の足元に投げた。

それは〝黒の箱(ブラック・ボックス)〟。

トルクの空間魔法のサポートをする魔法道具であり、彼が編み出した全ての空間魔法が記された魔法目録である。

私は自分の杖を拾うより先に、それを拾い上げ胸に抱く。

そして、

「許さない……っ」

その声を絞り出す。私の声は、後悔と、怒りと、憎悪に満ちていた。

かつて世界で一番大切だと思っていたその子を、私は涙を流しながら、強く睨(にら)んでいる。

「あなたを許さないわ、カノン」

カノンは一瞬、僅かに瞳を曇らせた。しかし、

「それでいい」

カノンは何もかも受け入れたような、単調な声音でそう答え、私に背を向けた。

「マキリエ。俺たちが初めて出会った、あの場所で――待っている」


トルクの形見である〝黒の箱〟を抱え、彼が愛用していた剣を引きずって、私はよろつきながら城に戻った。

城の地下空間に戻り、私は魔物の国の国民たちに伝えなければならなかった。

地下に戻ってきたのが私だけだったこと。

私が黒の魔王の剣を持っていること。

それらを見て、誰もがすでに、その報告を覚悟しているようだった。

「王は……黒の魔王トルクは、トネリコの救世主によって殺されたわ」

魔物の国の国民たちから、悲鳴が上がった。

そんなはずはない！　魔王様が負けるなんてありえない！　と。

悲痛な泣き声、叫び声、喚き声、うめき声……色々と聞こえてくる。

しかし、トルクの息子であり、この国の将軍であるスクルートだけが、苦しく険しい表情でいながらも、父の死を受け止めているようだった。

「魔女様。これを」

スクルートが私に歩み寄り、あるものを差し出した。

「王……父に託されたものです。何かの際は、これを紅の魔女様に、と」

手紙。それは、白い封筒に納められ、彼がいつも使う紋章の封蠟を押して閉じられた、トルクから私に宛てた手紙だった。

私はその手紙を受け取り、何の覚悟もできていないまま、封を開ける。

取り出した手紙の冒頭には「マキリエへ」と書かれていて、そして、

——お前は信じてくれないかもしれないが、俺はお前を愛している。


そんな一文から始まっていて、私は思わず手紙を閉じた。

荒れる呼吸を何とか抑え、涙が溢れてしまいそうになるのを我慢して、震える手でもう一度手紙を開く。

今度は覚悟して、トルクの手紙を読み始めた。


マキリエへ。

お前は信じてくれないかもしれないが、俺はお前を愛している。

きっと、初めて、真っ当に人に惚れ込んだのだと思う。

それまでの俺は、叶わない恋がこんなに切なく、苦しいものだと知らなかった。

それが叶わないと知れば知るほど、お前は別の男を見ているのだと考えれば考えるほど、いつか、お前が再び俺を愛してくれたらと願うようになってしまった。

だが、過ぎた時を巻き戻すことなどできない。

お前の心が、もう俺に戻ってこないことは、よくよくわかっている。

俺は、お前があの男のことを考えている瞬間の視線や、表情さえわかるようになってしまい、いつも嫉妬で狂いそうだった。

お前が俺を想ってくれていた頃は、お前の気持ちに僅かも気がつかなかったくせに、我ながら本当に自業自得で、格好悪くて、笑える。


以前、トネリコの救世主と対峙した際、俺はこんな話を、奴から聞いたことがある。

俺たちのような破格の魔力を持つ魔術師は、この世界で何度も生まれ変わるらしい。

それを聞いた時、俺は一つ、自分に誓ったことがある。

次に生まれ変わったら、誰よりも先にお前を見つける。

そして、お前だけを愛する、と。

たとえそれが叶わぬ恋であっても、始まりから終わりまで、一途に想い続ける、と。

これは俺が勝手に誓ったことだから、お前はそう気負わなくていい。

来世のことを押し付けるつもりもないし、お前はただ、自由でいればいい。

自由に、来世こそ、一番好きな男と結ばれて幸せになって欲しい。

だけどもし、再びこの世界のどこかで出会えたなら、今度はお前に名を与えてもらえたらと密かに思っている。

俺は名前に呪われていると思うことが多々あったが、お前に名を与えられたスクルートは、何というか、世界に愛されていると感じることが多かったから。

しかし、来世でお前に名を与えられるということは、お前と再会した俺が赤子である可能性が高いため、それはそれで考えものだ。流石に赤子では、お前に選ばれるチャンスも少なかろうと思うから。やはり俺にも、僅かながらチャンスがあればと思ってしまう。


マキリエ。二人の子どもたちのことを頼んだ。

二人の子をどのように導くかは、命名の魔女のお前が一番よく分かっているだろうから、全てお前に一任したい。お前の思うようにするのがサリアとキースのためだと思う。

魔物の国のことはスクルートに全て託しているから、そこのところは気にしなくていい。

スクルートのことも可愛がってくれてありがとう。

マキリエ。ユノーシスが俺に寄越した、最後の手紙をお前に託す。

その上で、お前の今後は、お前自身が決めればいい。

あの男に会いに行くというのなら、それでいい。

本当は誰にもお前を渡したくないが、お前が望むままに、最後にやり残したことをすればいい。お前にとって、後悔のない選択をすることを、俺は願っている。

マキリエ。

俺の子を産んでくれて、家族になってくれてありがとう。

心の底から、お前に感謝している。


「…………」

このトルクの手紙の後ろに、ユノーシスの残した最後の手紙があるのを確かめた。

しかし涙がポタポタと零れ落ちて、手紙をぐしゃぐしゃに濡らして文字を滲ませてしまうと思ったから、今ばかりはゆっくりと手紙を閉じ、天を仰ぐ。

長い長い時間の中で、私たちはお互いに、片想いをした。

どんなに強大な魔法が使えても、恋心だけはどうすることもできない。それが自分のものであれ、他人のものであれ。

だからこそ、尊く美しいのだと思う。

だからこそ、その心こそ最も恐ろしい、魔法の根源となる。

「魔女様。転移魔法の準備が整いました。父の死により外の結界が弱まり、すでに四方より破られております。連合軍の兵がこの城に侵入するのも、時間の問題かと」

スクルートが、心苦しそうに私に申し出た。

彼の背後には、魔物の国の幹部たちが揃って、私の決断を待っていた。

私はトルクの手紙を懐に仕舞い、

「いいえ。私は逃げないわ。トネリコの救世主……カノンは決して私を逃さない。私もあの子を、逃さない」

皆に向かって、淡々とした声でそう言った。

すると「我々も戦います！」「王の仇を！」とあちこちから声が上がる。

誰もが王を失って、絶望のどん底で、何に希望を見出せばいいのかわからずにいた。

だけど私は、皆を見据え、毅然とした態度で命じた。

「王を殺した救世主との決着は、私がつけなければならない。これが私の最後にやり残したこと。誰も私に、ついてきてはいけないわ」

私はすでに、一人でカノンに会いに行くことを心に決めている。

誰にも邪魔させない。

「だから、あなたたちは転移装置で、予定通り移住先に逃げるのよ。私とトルクの子を連れて、絶対に生き延びて。生きていればいつか必ず報われる。これはこの国の王妃として、紅の魔女としての、最後の命令よ」

私はまず、魔物の国の将軍であり、トルクの最初の子であったスクルートに、私とトルクの子である双子のうち、娘のサリアを託した。

「スクルート。あなたは我が娘のサリアを連れて、魔物たちと共に行きなさい。移住先ではあなたが王よ。トワイライトの名を継ぐ者で、居場所を築いて、民を守りなさい。絶対にその血を絶やしてはダメ。この先も〈黒の魔王〉の魔法を継承し続けて」

私はスクルートに、愛娘(まなむすめ)のサリアだけでなく、黒の魔王の残した〝黒の箱(ブラック・ボックス)〟と、彼の愛用していた剣を託した。

黒の魔王の残した空間魔法を、絶対に継承し続けて、と念を押す。

「承知いたしました、紅の魔女様。あなたと父の血を継ぐサリア姫は、きっと偉大な力の持ち主です。我が娘として慈しみ、守り抜くと誓いましょう。私にはあまり空間魔法の適性がありませんでしたが、サリア姫の瞳の色は父と同じスミレ色。きっと、父の魔法を引き継いでくれることでしょう……っ」

スクルートは強い男だったが、最後の方は嚙みしめるような、感傷的な声音だった。

父の形見の剣を腰に差し〝黒の箱〟を懐に仕舞うと、私からサリアを抱き上げながら、狼のような目の端を涙で光らせる。当のサリアは大人しくおしゃぶりをしながら、純粋無垢な目でじっと私を見ていた。私は愛娘に微笑みかけ、何も心配いらないわと囁いた。

次に私は、オディリール姉妹に、息子のキースを託した。

「メリッサ。ジェーン。あなたたちは我が息子のキースを連れて、塩の森へ。どうかこの子を、オディ、ィ、リール、ル、の子として愛情深く育ててあげて。きっと私に似て、わがままで寂しがりやだと思うから」

「……はい。紅の魔女様の仰せのままに」

「キース様は私たちがあの森で絶対に守ってみせます。絶対に、幸せにしてみせる……っ」

妹のジェーンが私の腕からキースを抱き上げると、キースが私の髪を引っ張りながら、わんわん泣いてしまった。それを見て、ジェーンもワッと泣いてしまう。

その隣で、姉のメリッサだけが気丈な顔をして、私に言った。

「魔女様。私たちはあなたに命を助けられました。その恩に必ず報います。あなたの全てを、この子に語り継ぎます。伝説の〈紅の魔女〉の息子であることを、この子はいつか誇りに思うでしょう」

私はメリッサの目を見て頷いて、彼女に魔法のバスケットを預け、いつも被っていた赤いとんがり帽子を、頭に被せてあげた。

愛情深いオディリール姉妹がいれば、寂しがりやのキースも寂しくないだろう。

「サリア……キース……生まれてきてくれてありがとう」

最後に、愛おしい我が子たちの頬にそれぞれキスをして、私の与えた名前を唱えた。

いつかこの子たちが、父の姿を、母の声を忘れるのであっても。

その未来が奇跡のように明るく、寂しくなく、幸せであればそれでいい。

私自身、それを強く願い、祈った。

こうして、スクルートは私の娘のサリアとこの国の住人たちを引き連れ、あらかじめ用意していた移住先へと転移した。

そこはもともと移住の準備を整えていた魔力の溜まり場で、人間がそう簡単に踏み込んでこられないような雪と氷に閉ざされた極寒の地。彼らはそこで、魔物の国の再建を図る。

オディリールの姉妹は、私の息子のキースを連れて、転移装置によってルスキア王国の塩の森へと戻った。

私だけはここに残り、皆の転移を見届けた後、転移装置の自爆スイッチを押す。

もうすぐこれが起動し、爆発することで、地下空間を破壊し誰も彼らを追いかけることができないようになっている。

　そして、誰も、二度とこの国へと戻ってこられないようになっている。

　それでも私は前を向き、黒の魔王の居城を出る。出たところで地下の転移装置が爆発したようで、大地が揺れ、城が崩壊し始める。

　私はそれを、遠くでぼんやりと眺めながら、我が子たちが生きていることだけが救いだと思って泣いていた。

「サリア、キース……ごめんなさい。どうか生きて。幸せになって」

　母として、これ以上一緒にいられないことが悔しい。

　あなたたちが、我が子たちを預けたのは、誰よりも信頼できる者たちだ。

　だが、我が子たちが、どんな風に成長していくのか、私は知る由もない。

　これでもう、この国に思い残すことは何もない。


「私も、そろそろ行かなければね」


　この国の後始末をつけたなら……

　私が向き合うべき相手は、もう一人の我が子である、あの子だけだから。

＊＊＊

黒の魔王の末裔(まつえい)トワイライト。

紅(くれない)の魔女の末裔オディリール。


その二つの一族には、大きな秘密がある。

どちらの一族も、始まりは、〈黒の魔王〉と〈紅の魔女〉の間に生まれた、男女の双子の子どもであった。

二人の大魔術師の血をひく子どもたちは、世界に愛された名前の加護の下、その後も脈々と、命と魔法を継いでいく。

いつか遠い未来で、この物語に回帰する、その時まで。

第十六話　追憶（十一）〜アネモネの花言葉〜

親愛なる、黒の魔王殿。

いや。これは最後の手紙になるだろうから、親友のトルクへ。

まず、この手紙が君に届く頃、僕はもうこの世にはいないだろう。

何でも知っている〈白の賢者〉などと呼ばれながら、僕はこの世界のことを、何も分かっていなかったのだから。


聖地は私を偽り続けていた。

黒の魔王、紅の魔女、そして白の賢者。このように、色を冠した名で呼ばれる大魔術師は、漏れなくいつか、あの金髪の死神に殺される。

それこそが聖地が僕に隠し続けた、覆すことのできない〝世界の法則〟だったからだ。

君も一度は考えたことがあると思う。どうして我々は規格外の魔力を持ち、誰にもできないような魔法が使えるのだろうか、と。

その理由は全て、聖地の世界樹の根本にあった。

我々のような大魔術師とは、この世を創った神々の生まれ変わりであるらしい。

聖地に伝わる創世神話の十柱だ。

要するに、大魔術師と呼ばれる人間がこの世界には十人いて、それぞれが時代ごとにランダムに生まれ変わり、歴史の駒を進めるのが、このメイデーアという世界なのだ。


我々は規格外の魔力を持つが故に、そうそう死なない。

何事もなければ、歳(とし)を取ることもなく生き続ける。

自覚は全くないが、神々の生まれ変わりなのだと言われたら、この化け物じみた魔力も、老いることもなく永遠のように感じられる寿命も、納得できる。

だから我々を殺せる人間が必要で、それがあの金髪の死神の役目だった。僕はあえてあの男を救世主ではなく、死神と呼ぼうと思う。

我々の遺骸は世界樹の根本にある棺(ひつぎ)に納められ、遺骸に残った魔力を世界樹が吸い取り、ゆくゆくは世界中の大地に染み渡る。そうやってこの世界は守られている。

僕は自分が入る予定の、空の棺を目の前にして、全てを悟り、納得してしまった。

だからきっと、君も死を免れることはできないだろう。

我々を殺せる力と権利を、あの死神は、この世界より与えられているのだから。

この話をマキリエにするかどうかは、トルク、君に任せたいと思う。

僕たちはマキリエが可愛くて大事だったから、戦争に巻き込まないようにと思い、結果的に拒絶して、遠ざけて、酷く彼女を傷つけてしまっていたね。

あの娘はきっと、力を貸してくれと言って欲しかったのだろうに。

あの娘にとって、一番怖いのはひとりぼっちの孤独だったのだろうに。

彼女は誰より、あの魔法学校での日々を楽しみにしてくれていたのに……

マキリエにとって最も大切な男が、いつか彼女を殺すのだとしても、二人の間にあった母子のような関係は確かなものだったと思う。

本当はマキリエを一番最初に殺そうと思って、あの男はその懐に入り込んだのだろう。

僕も君も知っているけれど、我々三人を殺そうと思った時、マキリエの魔法が一番厄介だと考えるだろうから。彼女の血は、僕や君の魔法をも凌駕する最大の破壊の力を秘めているから。

だけど、殺せなかったのだろうね。

彼女が大好きだから、殺したくなかったのだろうね。

そこに人間らしいところを見出して、僕は何だか、あの死神に同情してしまうことがある。今にも殺されそうになっているというのにね。

カノン。とてもいい名前だ。

マキリエが付けたその名前を、彼はとても大事そうにしていた。

最後になるが、君たちとの約束を果たせそうになくて、すまない。

あの学校に仕掛けた僕たちの魔法は、僕の精霊たちが永遠に守り続ける。

僕たちは、いつか必ず、あの学び舎で巡り合うと信じている。

○

私の名前は、マキリエ・ルシア・トワイライト。

ふらふらと箒で空を飛び、世界の中心にある星の大湖のほとりに、ちょうど今降り立った。魔法が使えたり使えなかったりするから不安定な飛行だったけれど、ここまで来られてよかった。

そしてこの場所を覚えていてよかった。

あの子と出会った場所を、私が忘れるはずないけれど。

「霧が……晴れているわ」

驚いたことに、いつも深い霧に覆われている〝星の大湖〟の周辺が、驚くほど晴れ渡っていた。風もなく、乱れのない湖面には、鏡のように青々とした空が映り込んでいる。

何だかこの世の景色には思えず、美しいのに寂しくて、どこか恐ろしい。

そういえば、あの日の流星群もこの湖面に映り込んでいて、私自身が夜空に放り出されたみたいで、綺麗だった。

「マキリエ」

真横から、私の名を呼ぶ声がした。

カノンの声だと思った。

私がそちらに顔を向けると、やはりそこにカノンが立っていて、

「来てくれてありがとう。マキリエ」

そんな風に、素朴な声音で言うのだった。

「あなたを許さないって言ったでしょ」

「………」

「だから、カノン。あなたにお仕置きしに来たのよ、私」

私は不敵に微笑む。

するとカノンも不器用に微笑んだ。

今のカノンは、私のよく知るカノンそのものだ。

十年間、私と共に過ごした我が子のように愛おしいカノン、そのもの。

いつかのカノンと交わしたような、素朴な口調で会話をする。

「明るいところで見ると分かりやすいけど、あなた、ちょっとやつれたわね。ちゃんと寝て、食べてるぅ？」

「マキリエこそ」

「あら、老けたって言いたいの？　相変わらず生意気だこと」

「そんなことは言ってない。マキリエは、相変わらず綺麗だ」

「………………」

こんな風に、さりげなく私の喜ぶようなことを言うところも、変わらない。

「しかし驚いたわ。この湖、こんな風に霧の晴れる日があるのね」

「……この霧を晴らすことができるのは、俺だけだ」

「………………」

「マキリエ、俺について来てほしい」

カノンは、水面の上を歩き出した。

まるで普通の地面を歩いているように、平然と水面を踏んでいる。

だけどカノンが歩くたびに波紋が点々と広がっていく。その光景が何だかとても神秘的に感じられた。

私はというと、恐る恐る水面に足をつける。それはもう慎重に、チョイチョイと何度も確かめながら。あ、普通に踏めそう。

「そうか。マキリエは泳げないんだったな」

カノンはそんな私を見て、苦笑していた。

「ここで溺れることはない。むしろこの水の底に降りることが、俺にもできない」

「どういうことなの？」

「ここは世界の中心。聖地に次ぐ魔力の溜まり場。しかし聖地以上に、もしかしたらこの世界で最も重要な場所かもしれない」

カノンはしばらく進み、私もそれについて行き、青空を映し込んだ水面の真ん中で、彼は私の方に向き直る。


「世界の境界線へ、ようこそ」


私とカノンは、見つめ合う。

カノンの瞳に映る私は、少々訝しげな表情をしていた。

「世界の境界線って？」

「世界の境界線とは、異世界とこの世界を行き来できる場所のことだ。異世界の救世主というのも、ここを経由して召喚される」

この辺にいると、魔力が乱れて、不快な気分になることがある。

私も何度か、この上空を箒で通り過ぎようとして、飛行が不安定になったものだ。

ここが〝世界の境界線〟などという、特別な場所だったからだろうか。

「そういえば……この湖では、行方不明になった者がたくさんいるというような話を聞いたことがあるわ。だから近寄ってはいけないって。この世界の住人なら、誰もが言い聞かされるのではないかしら」

「ああ。きっとその者たちは、世界の境界線を越え、どこか違う世界に行ってしまったのだろう。もしくは世界と世界の狭間で、永遠に彷徨っているか」

そしてカノンは、まるで、秘密の話をするように囁いた。

「かつてメイデーアを生み出した神々は、この世界の境界線上に、とても大切なものを隠した」

「大切なものを隠したって……それはいったい何？」

「世界の法則、そのものだ」

カノンは空を仰ぐ。

どこまでも青く続く、この世界の空を。

「この世界を創った十人の神々は、一度この世界を破壊し尽くすほどの戦争を起こしてしまった。有名な神話だが〝巨人族の戦い〟と呼ばれる戦争だ」

　神々……戦争……

　ユノーシスがトルクに宛てた手紙を何度も読み返したけれど、今もまだ信じられない。

　私たちのような大魔術師が、かつてこの世界を創った神々の生まれ変わりだなんて。

「全てを反省した神々は、世界を再生する際に、この世界をありとあらゆる法則で縛った。その法則を誰かが塗り替えてしまわないよう、絶対に手の届かない場所に隠したのだ。それがこの場所」

　カノンは、自分たちの立つ水面の、真下を指差す。

「この下だ、マキリエ。ここに〝世界の法則〟がある」

「…………」

　私にはまだ、カノンが何を言っているのか、いまいちよく分かっていない。

　だけど、カノンが私に何かを訴え、求めているのだということは分かっていた。

「ねえ。教えてよ、カノン。どうして私たちはこんなことになっているの」

　この状況を、私はずっとどう聞いていいのかわからなかった。

　ユノーシスも、トルクも殺された。私もきっと、この男に殺されるだろう。

　だけど、誰を、何を責めていいのかわからなかった。

　カノンは金の短剣を取り出し、鞘から抜く。

抜かれた瞬間に、ゾッと全身に怖気が走る。

あの短剣こそが、私たちを殺すことのできるものだから。

「マキリエももう知っているだろうが、色の名を冠する大魔術師を殺すこと。それが俺の役目だ。それははるか昔から決まっている、世界の法則の一つである」

「なぜ？　世界にとって私たちが邪魔だから？」

「……少し違う。色の名を冠する大魔術師たちの力は、世界にとって劇薬というだけだ。少しであれば、歴史を推し進める良い影響を与える。しかし、死なないが故に長くこの世に君臨し続けると、君たちの存在は、必ず悪い流れを生み出してしまう」

「…………」

「例えば、黒の魔王の作った魔物の国が、魔法大戦の発端だったように。白の賢者が発案した魔法学校を、各国が奪い合おうとしたように……」

カノンは金の短剣を見つめながら、囁くように語っていたが、やがてスッと視線を上げ、柘榴色の瞳で再び私を見据えた。

「紅の魔女マキリエ。君と黒の魔王の間に生まれた子どもたちも、きっと後々、世界の歴史に大きな影響を与えるだろう」

「……まさか、あの子たちも殺す気ではないでしょうね」

私は低い声音でカノンに問う。しかしカノンは首を振る。

「いいや。俺が殺さなければならないのは、この時代ではもう、君だけだ」

カノンの淡々とした言葉が、徐々に熱を帯びていく。

「逆に聞きたい。マキリエ。どうして俺は、君を殺さなければならない」

私はジワリと、目を見開く。

カノンはとても、とても苦しそうな表情だった。

「どんな風に出会っても、君たちを殺すのはとても辛い。敵として現れても、味方として寄り添い続けても、最後は絶対に殺さなければならない。何度生まれ変わり、君たちの人生を見守り続けても、最後は絶対に俺が殺す。それを、何度も何度も、何千何百年と永遠に繰り返す。その役目を俺に押し付けたのも、君たちじゃないか……っ」

「……カノン……」

「俺はマギリーヴァとの約束を果たすために、ひたすら、この世界に立ち続けている」

マギリーヴァ……？

知らないはずの、私に似た誰かのヴィジョンが、ふと脳裏を過ぎった。

「いいや、違う。俺はそんなことが言いたいんじゃない！」

カノンは強く首を振り、その顔に手を当てる。

彼は瞬きもせず、瞳の奥に、多くの死の影を映しこむ。

それは、感情を殺し続け、古の約束を守り続けた男の、心からの願いだった。

「俺は、本当は誰も殺したくなんかなかった……っ」

忘れてはならない。

忘れてはならない。

かつて私は、自身にそう言い聞かせた気がする。

私は自ずと涙を流し、カノンの苦しむ様を、もう見ていられないと思った。

誰だって、我が子がこんなに苦しむ様を見たくない。

「ねえ、カノン。私はどうすればいいの？」

「………」

「教えてよ。どうすればあなたは救われるの？」

ここで殺されても、殺されなくても、きっとカノンを苦しめる。

何もかもをちゃんと理解していなくても、それだけは分かっていた。

カノンは、世界の法則などというものに雁字搦めにされていて、そこから逃げられない。

逃げられないようになっている。

私はどの選択をすれば、カノンを苦しめずに済むというのか。

「マキリエ。俺を救ってくれるのか」

　カノンはゆっくりと顔を上げ、苦しそうに歪めた表情で、私に言った。

「ならば、世界の法則を、破壊してくれ。これは君にしかできない」

「……え……」

「この世界の名前を……メイデ、ーア、と、い、う名前をつけたのは、君じゃないか」


　救いの世界メイデーア。

　これは、誰を救うべき物語だったのか。


　カノンはまた何度か首を振り、顔を手のひらで覆い、苦悶する。

「だがきっと、今世それは叶わない。全ての法則を逆手に取り、あと三百年、五百年……必要な手順を何一つ間違うことなくこなし続け、何度か転生を繰り返してやっと……そこに辿り着く」

「…………」

「そのために、一体何度、君を殺せばいい……っ」

「構わないわ」

　カノンはハッと顔を上げた。

　カノンは私をその柘榴色の瞳に映し込み、私もまた、カノンの姿をこの海色の瞳に焼き付けている。

いつか、どこかで、必ずこの子のことを思い出せるように。

「マキリエ……？」

私は一歩、また一歩と、カノンに歩み寄る。

「何度あなたに殺されても、最後に辿り着く場所で、あなたが幸せならそれでいい」

似たような言葉を、かつて、カノンに言われたことがある。

カノンが私にくれた言葉の一つ一つに意味があり、全てが私の、宝物だった。

それが今、やっと分かった。

「カノン。アネモネの花言葉を覚えてる？」

「………」

「あなたが私に教えてくれたのよ」

カノン。

私が名付けた、この世界で一番大切な、我が子。

手を伸ばし、私はカノンを抱きしめる。

「あなたを愛している」

それは、本来であれば、叶わぬ恋の愛している。

ならばこれは、誰の、片想いから始まる物語だったのか。


カノンはグッと目元に力を込め、それでも金の短剣を持ち上げて、今まさに、私の背中を刺し貫こうとした。私もそのつもりでカノンの懐に入った。

だけど、カノンは金の短剣を持つ手を下ろし、救いを求めるような震える声で言った。

「無理だ、マキリエ。俺には君を殺せない」

「…………」

「君だけは、殺したくない……っ」

私はカノンから少し離れる。

その時にはもう、私の手のうちにカノンの金の短剣があった。

カノンは大きく目を見開き、瞬くことなく私を見つめ続けていた。

金の短剣の切っ先を、自身の胸に向ける私を。

「マキリエ……待て……待ってくれ……っ！」

カノンの伸ばす手が、私に触れる前に。

私は金の短剣を、迷うことなく、自らの胸に突き刺した。

心臓から溢れ出る温かな血が、金の刃を伝い、この世界の境界線上に染み渡る。

「マキリエーーー」

　マキ・リエ・ルシ・ア
　紅い林檎を喰みなさい
　錆びた剣で裂きなさい
　五つの月の、いちじつの
　汝、世界を壊しなさい――

　赤い、赤い、紅い光に包まれていく。

　それは、この世界の中心を焼き尽くした、紅の魔女の命令魔法。

　この世界で一番悪い魔女と言い伝えられる所以となった、大魔法だ。

　魔女の血を糧に引き起こされた大爆発は、全ての音と色と水を奪い、一帯を灼熱の炎で焼き尽くし――のちにここは〝魔女の瞳孔〟と呼ばれる、死の土地となる。

　私は、何という大罪を犯したのだろう。

　だけど決して、この世界を、カノンを憎んでいた訳ではない。

　ただ、苦しむあの子に、私を殺させたくなかった。

我が子に、そんな酷なことをさせたくなかった。
何もかも終わらせるつもりだったのに、次の時代があることも疑わなかった。
だから、忘れるな。
次の時代に生まれ変わったら、絶対にカノンを救ってみせる。

——それを、お前は忘れるな。マキア。

＊＊＊

――――カチッ。

心の奥でスイッチの入るような音がして、私は長い眠りから目を覚ます。

世界樹の枝葉がそよそよと、揺れて擦れて、私に囁きかけている。

おはよう。おはよう。おめでとう。

無事に帰還を果たしたね、と。

「…………」

朝の緑の、清々しい匂いと、柔らかな木漏れ日の下。

私はゆっくりと起き上がり、九つの棺の方を振り返る。

とても長い夢を見ていた。

忘れてはいけなかったはずの、物語を。

「私……」

両手で頭を抱え、痛いほど髪を握りしめ、強く体を震わせる。

ゆっくりと、ゆっくりと、ゆっくりと……押し寄せて広がる感情に、私は呼吸と心を乱していく。

「私は……なんて酷（ひど）いことを……っ」

酷い。酷い。

「何でこんな……っ、カノンに、なんてことを！」

カノン。カノン。

あの子にそう名前を付けたのは私。私。私だった！

なぜ。どうして。

あの子はどんな気持ちで、あの時、あの屋上で私たちを殺したのか。

どんな気持ちで、この世界で、私と再び巡り合ったのか。

どうして私は、我が子のように大事に思っていた〝カノン〟を、ずっとずっと忘れていたのか！

「ああああああああああああああああ」

この世界で一番大切なのは、カノン。私は確かにそう言ったはずなのに。

いつか遠い未来で、思い出して欲しい。あの子は確かにそう言って泣いていたのに。

忘れてはいけない。

忘れてはいけない。

私はあんなに、何度だって、自分自身に言い聞かせていたのに。

何度あなたに殺されても、最後に辿り着く場所で、あなたが幸せならそれでいい。

あなたを愛している。

生まれ変わったら、絶対にカノンを救ってみせる――

この願いを、誓いを、何もかも忘れて新しい人生を謳歌していた。

私こそが一番、酷い。

あとがき

おひさしぶりです。友麻碧です。

大変、大変、長らくお待たせいたしましたっ！

メイデーア転生物語第6巻、何とか皆さまにお届けすることができました。

今回とっても難しい執筆でした。こちらのシリーズ、友麻のデビュー前にWEB上で書いていた作品で、一度完結まで書いているのにどうして……と自分でも思うのですが。いや、だからこそこの書籍版の物語と向き合うのが、難しかったのかなと思っております。

うーんうーんと悩み苦しんでいる時に、ふと一つだけ、自分の中で納得できるものが見つかると、そこから芋づる式に物語が繋がっていくのがメイデーアを執筆していて面白いところで、この感覚は他のシリーズではなかなか味わえないなあと思っております。

苦しんだ分、書き終わった後の「やっとここまで来たか」というような達成感や安堵の気持ちが凄まじく、とても充実した執筆でした。（いやいや、ここで満足せずに引き続き頑張ります……っ！）

皆さまにとっては、どのような一冊でしたでしょうか？

色々と判明したことも多い一冊ですが、楽しんでいただけましたら幸いです。

さて。実のところ、今月は友麻碧のデビュー十周年月だったりします。

ちょうど十年前の今月に、私は商業作家としての第一歩を踏み出しました。と言っても、その時は「かっぱ同盟」とかいう謎のペンネームだった訳ですが。

この十年、がむしゃらに泥臭く頑張ってまいりました。そもそもペンネームは途中で変わっているし、最初の書籍化で打ち切りになったはずのメイデーアは復活しているし、十巻以上続いたシリーズもいくつか完結しているしで、友麻も歳を重ねて、いつの間にか新人作家では無くなってしまいました。（気分はまだ新人……）

次の十年、どのように生き延びようかと、日々考えております。

デビューからの十年は運良くここまでやってきましたが、ここからの十年は、もうちょっと幅広く実力をつけて、色々やって生き延びねばならんなと思います。頑張ります。

幸い、メイデーアなどまだまだ続いてくれるシリーズがございますので、そちらに全力で取り組みつつ、ぼちぼち新しいことにも挑戦していけたらと思っております。

この作品が発売される頃には、友麻碧の十周年施策がちらほら始まっていると思いますので、そちらにもご注目いただけますと幸いです。

担当編集さま。友麻は十周年ですが、現担当編集さまには十年のうち約七年お世話になっております。誰より長く友麻作品を支えてくださり本当に感謝しております。今回も辛抱強く原稿を待ってくださり頭が上がりません！　引き続きどうぞよろしくお願いいたします。

イラストレーターの雨壱絵穹先生。今回も素敵な表紙イラストをありがとうございました。大好きな皇国組の三人を、表紙の美麗イラストで拝むことができて嬉しいです！　続刊も頑張りますので、引き続きメイデーア転生物語をどうぞよろしくお願いいたします。

読者の皆さま。

メイデーアの続きまだですか？　とツイッターなどでもたくさんお問い合わせいただきました……っ。本当に長らくお待たせしてしまい申し訳ございませんでした！

まだまだ物語は続きますし、むしろここからが本番と言えるかなと思います。しっかり続刊を重ねていけたらと思いますので、ぜひまたメイデーアの世界に遊びに来ていただけましたら嬉しいです。

第七巻でも皆さまにお会いできますことを、心から楽しみにしております。

友麻碧

お便りはこちらまで

〒一〇二―八一七七
富士見L文庫編集部　気付
友麻　碧（様）宛
雨壱絵穹（様）宛

富士見L文庫

メイデーア転生物語6
片想いから始まる物語

友麻 碧

2023年5月15日　初版発行

発行者　山下直久
発　行　株式会社 KADOKAWA
〒102-8177　東京都千代田区富士見2-13-3
電話　0570-002-301（ナビダイヤル）

印刷所　株式会社暁印刷
製本所　本間製本株式会社
装丁者　西村弘美

定価はカバーに表示してあります。

◇◇◇

●お問い合わせ
https://www.kadokawa.co.jp/（「お問い合わせ」へお進みください）
※内容によっては、お答えできない場合があります。
※サポートは日本国内のみとさせていただきます。
※Japanese text only

ISBN 978-4-04-074805-4 C0193

浅草鬼嫁日記

著／友麻 碧　　イラスト／あやとき

浅草の街に生きるあやかしのため、
「最強の鬼嫁」が駆け回る——!

鬼姫"茨木童子"を前世に持つ浅草の女子高生・真紀。今は人間の身でありながら、前世の「夫」である"酒呑童子"を(無理矢理)引き連れ、あやかしたちの厄介ごとに首を突っ込む「最強の鬼嫁」の物語、ここに開幕!

【シリーズ既刊】1〜11巻

富士見L文庫

わたしの幸せな結婚

著／顎木あくみ　イラスト／月岡月穂

この嫁入りは黄泉への誘いか、奇跡の幸運か――

美世は幼い頃に母を亡くし、継母と義母妹に虐げられて育った。十九になったある日、父に嫁入りを命じられる。相手は冷酷無慈悲と噂の若き軍人、清霞。美世にとって、幸せになれるはずもない縁談だったが……？

【シリーズ既刊】1～6巻

富士見L文庫

青薔薇アンティークの小公女

著／道草家守　イラスト／沙月

少女は絶望のふちで銀の貴公子に救われ、
聡明さと美しさを取り戻す。

身寄りを亡くし全てを奪われた少女ローザ。手を差し伸べてくれたのが銀の貴公子アルヴィンだった。彼らは妖精とアンティークにまつわる謎から真実を見出して……。この出会いが孤独を抱えた二人の魂を救う福音だった。

【シリーズ既刊】1～2巻

富士見L文庫